女盛りは心配盛り

内 館 牧 子

幻冬舎文庫

女盛りは心配盛り

目次

使ってこそ文化財

昨年の今頃、このページに書いた「北限の桃」をご記憶されているだろうか。秋田県鹿角《かづの》市が、日本における桃の産地の北限。私はその桃の木のオーナーである。

といっても、申し込めば一本一万円（二〇一七年現在は一万二千円）で一年間、誰でもオーナーになれる。昨年、親しい編集者たちと五人で桃狩りに行ったところ、そのおいしさ、大きさに編集者たちは狂喜。何と今年は彼らもオーナーになってしまった。

そして、九月のある日、またも五人でレンタカーを走らせた。鹿角の佐藤秀果園で桃をもぎ、さり気なくネクタリンまでもぎ、かづの牛や桃豚のランチを楽しんだはいいが、帰宅後に体重計に乗ったら、私が豚になっていた。

今回の旅には、もうひとつ大きな目的があった。鹿角の小坂町に建つ康楽館で大衆演劇を観るのである。康楽館はご存じの方も多いだろうが、日本最古の「現役木造芝居小屋」だ。創建は明治四十三年である。一九一〇年のことで、今年で実に一〇〇年である。

行ってみると、写真の通りに明治のハイカラな白い洋館。昭和六十年に修復工事が行われているものの、創建当時とほとんど変わりない姿だ。さらに驚くことに、康楽館は一〇〇歳の今も、バリバリの現役。大衆演劇の常設公演を中心に、落語、歌舞伎、コンサート、公開テレビ番組等々が引っきりなしに開催されている。

それも、歌舞伎ならば市川團十郎さん、尾上菊五郎さん、松本幸四郎さん、中村勘三郎さんをはじめ、そうそうたる方々。落語にしても古今亭志ん朝さん、桂歌丸さん、三遊亭円楽さんをはじめとして、スターばかり。その一方で、大学生のグループや趣味の同好会が発表の場にも使う。

同館は国の重要文化財なのだが、「使ってこそ文化財」という姿勢が貫かれている。人が住まない家は荒れると言われるが、康楽館はいつもいつも使われているので、一〇〇歳というのに、どこにも荒れた空気はない。みごとなものである。もともとは小坂鉱山の労働者と家族、町の人々の楽しみのために、会社が厚生施設として建てた芝居小屋だったそうで、好況に沸き返っていた小坂鉱山が目に浮かぶような建物である。

私は古い芝居小屋で観る大衆演劇が好きで、福岡県の嘉穂《かほ》劇場、愛媛県の内子座、香川県の金丸座に行っているが、いずれも本当にいい芝居小屋である。古いものを平気で壊しては、ただただ明るく開放的なだけの建物を新築しがちな日本人が、よくぞこれらを残してくれたと思う。

康楽館の館内に入って、また驚いた。外観はハイカラな洋館だが、中は純和風。客席は畳に座布団。昔の小学校の廊下のような、木の花道。そこには「切穴《すっぽん》」と呼ばれるせり上がりもある。二階席、三階席は、これまた木造校舎にあったような階段で結ばれている。面白いのは二階桟敷《さじき》の手すり。手すりに物入れ用のくぼみがあり、客がタバコを置いたりしたらしい。むろん、今は木造の重要文化財であり、禁煙は当然だ。

ただ、本来、芝居も相撲も、飲んだり、食べたり、喫《す》ったりしながら観るものだった。

「健康増進法」という清く正しく味気ない法律は、一〇〇年前にはなかったものなァ。

私は喫わないが、国技館の枡席にズラリとついていた火箱《ひばこ》（灰皿の入った箱）が撤去された時、昨今の嫌煙はいささかヒステリックではないかとさえ思った。そこで横綱審議委員会で、言ったのである。

「伝統の娯楽は、飲食喫煙も楽しみのひとつであり、大相撲観戦くらいはタバコを許したらどうですか。チョンマゲの世界に、21世紀のルールを持ってくることもないでしょう」

すると、日本相撲協会幹部が口をそろえた。

「健康増進法には従います。他人の煙で健康を損なう人に言い訳できません」

清く正しい答えには、反論できない。

また思い出したが、相撲協会は座布団投げも禁じた。この時も私は横審の会議で言った。

「下位力士が上位に勝った時、客が喜んで座布団を投げて何が悪い。力士はガッツポーズできないのだから、座布団が飛んで喜びを感じるんです。座布団投げは日本の文化です」

が、この時も協会幹部は気色ばんで口をそろえた。

「座布団が当たって怪我をする人もいるし、危険な行為は禁止します」

そしてとうとう、九州場所では投げられないように隣席の座布団と縫い合わせてしまった。

やれやれ、清く正しくつつがなくは、野暮の骨頂だ。

話がそれたが、康楽館の館内は板壁で、手すり、階段、舞台、何もかもが木造。天井は照明だけが洋風の八角形のハイカラデザインだが、造りは木造である。奈落、つまり舞台や花道の下にある回り舞台やせり上がりは、すべて人力で動かす。薄暗く、一〇〇年前と同じ空間で、黒子が渾身の力を合わせて舞台を回す。

黒子の案内で館内を隅々まで見て回り、楽屋まで見せてもらった。これは観劇とセットで二千円で見せてもらえる。

その後、大衆演劇界のスター・松井誠さん門下の星誠流一座の芝居を観た。最新の劇場に比べれば、音響も照明もいいとは言えない。

だが、ここには間違いなく、人間が作った光と影がある。コンピューターでコントロールされた完璧な光と影ではない。人間が作り、小屋に棲みついている光と影。「芝居小屋」と呼ばれるところが、一流の役者たちに好まれるのがふとわかったような。

何だか心が豊かになった気がして、「心の豚はいいな」と思った帰路である。

塀の中の中学校

ある日、私の事務所に一本の電話がかかってきた。

私は不在で、秘書のコダマが取ったのだが、相手は弾んだ声で言ったそうだ。

「私、五十年近く前に、松本少年刑務所に入っていた受刑者です」

コダマが、

「もしかして、刑務所の中の中学校に入っていらしたのですか？」

と訊くと、相手はとても嬉しそうに言ったという。

「そうです！　五十年近く前、松本少年刑務所内の中学を出ました。今度、内館さんがそれをドラマにしたと聞いたものですから」

「はい。10月11日の夜9時からＴＢＳで、2時間半のドラマです」

「何だか嬉しくなって、電話をしました。あそこで中卒の証書をもらった受刑者は、今、全国で頑張ってますから、みんなも楽しみにしていると思います」

電話の主はとても感じがよくて、明るく張り切っている印象だったと、コダマは言った。私はそれを聞き、きっと立派に更生したのだろうと思った。そして、わざわざ電話をかけてきたということは、刑務所内での中学生活が思い出深く、更生にも役立ったのだろうと確信した。

放送は10月11日だが、ドラマ化の発端は一年半前にさかのぼる。ある日突然、TBSの清弘誠監督から電話があったのだ。スペシャルドラマにしたいテーマがあるので、脚本を書けないかという打診。後日、送られてきたビデオは衝撃的なものだった。

それは二十年以上も昔のニュース番組「報道特集」だったのだが、その中のコーナーで、松本少年刑務所内の中学校を取りあげていた。

塀の中に中学校があることを、私はまったく知らなかったが、全国の刑務所には中学を卒業していない受刑者が、現在千数百人いるという。

中学は義務教育だが、彼らは色んな事情で通えず、読み書き計算が満足にできないまま大人になり、やがて犯罪に手を染めてしまった。その後、刑期を終えて出所しても、仕事につけない。読み書き計算が不自由な人間にとって、それは当然といえば当然の現実だろう。そうなると、結局はまた犯罪に加担し、また刑務所である。

もちろん、再犯とは無縁の元受刑者もたくさんいる。しかし、多くは中学を出ていないことを隠し、読み書き計算が不自由であることへのコンプレックスは深い。教育というものが、人間を支える背骨になっていることは確かだし、まともな学校生活を経験させることは、再犯防止の一助にもなろう。

こうして、松本少年刑務所の中に「市立旭町中学校桐分校」を開校した。世界にも例がない「塀の中の公立中学」である。

生徒は北海道から沖縄までの全刑務所からやってくる。本人の志望動機や学ぶ意欲、服役状況等々を勘案し、毎年十人程度が入学許可を得る。そして四月になると、今までいた刑務所を離れ、松本少年刑務所の独房に入り、所内の中学に通うわけである。

ふつう、刑務所では「刑務作業」と称して、受刑者は木工や印刷や手仕事などに従事するのだが、中学生になった受刑者は刑務作業が免除され、朝七時の体操に始まって、夕方五時までひたすら勉強である。何しろ三年間の勉強を一年間でやらねばならない。

「中学生」とはいえ、70代や60代は当たり前で、若くても20代。彼らは全員が詰衿の学生服を着る。これは本校の市立旭町中学校と同じものである。70代であっても60代であっても、初めて着る中学の制服。初めて開く中学の教科書。初めての遠足、運動会。

「報道特集」では懸命に学ぶ中学生と、読み書きを気長に熱心に教える教師（法務教官という）の日常をドキュメントで追っていた。

それは一般の学校や師弟とはあまりに違う。相手は服役中の身であり、タブーは多い。だが、「鉛筆なめなめ」といった状態で文字や九九を覚える中高年の詰衿姿。相手が犯罪者であっても、教師とて情がわく。生徒の方も「本気で俺に向かいあってくれた人は、今までいなかった」と感激する。

一般の中学なら、後々までクラス会があり、師弟が過去の本音をバラしあって懐かしむこともできる。だが、塀の中の中学校では、卒業後は教師ともクラスメイトとも会うことは禁じられている。一年限りの濃密な中学生活なのだ。

清弘監督やスタッフと一緒に、私は松本少年刑務所に行き、教師たちの話を聞いた。授業参観もして、給食も食べ、所内は雑居房からトイレ、風呂場に至るまで案内してもらった。松本市と「少年母の会」というボランティア団体、そして松本市民たちが、何とか更生させたいと力を尽くしていることがよくわかる。

ただ、脚本家としては受刑者の熱意を肯定する一方のドラマにはしたくない。被害者を思えば当然である。

その葛藤は実力派の俳優陣がみごとに表現してくれた。教師にオダギリジョー、角野卓造、中学生には大滝秀治、すまけい、千原せいじ、染谷将太、渡辺謙。脚本家冥利に尽きる師弟キャストである。

そして、私はこのドラマには一人も女性を出さなかった。というのも、女性教師への憧れとか母への思慕とか、話をそっちに行かせたくなかった。「学ぶこと」によって何が見えて、自分がどう変わったか。それだけを描くべきだと考えた。

おそらく、事務所に電話をくれた元中学生も、何より感じているのは、「学ぶこと」で変わった自分ではないだろうか。

あまりに稚拙な警備

大相撲九月場所のある日、私はA社が持つ枡席に招待され、そこの社員たちと一緒に車で国技館に行った。すると、地下駐車場の手前で、ガードマンが出てきて言った。

「駐車場には入れません。全員降りて、チケットを一人一枚ずつ持ち、見せて下さい。そして、正面入口まで行って入場して下さい」

このチェックは不審者を地下駐車場に入れないためであり、当然の行為だ。が、私たちは見てしまったのである。

私たちの前の車がノーチェックで、後部座席の確認さえされず、サーッと地下駐車場に下りていったのを。

それは外務省ナンバーだった。

私はガードマンに言った。

「外務省はフリーパス？」

ガードマンは困惑気味に答えた。

「いえ……あの人たちは招待で、券を持っていないものですから……」

「あら、券がなくても外務省は入れるの？」

A社の社員も突っ込んだ。

「うちの社も彼女を招待してるんですけど。それにうちはもう何十年も枡席を持ち続けてるんですよ。外務省はたぶん今回だけ、券がないのに入るんでしょ。相撲協会にとってどっちが大切なんだろうねえ」

もう一人の社員も言った。

「後部座席の人間の顔もチェックしないで、もし危ない人だったらどうするの」

絶句するガードマンに、私は言った。

「ごめんなさいね。あなたは協会から言われた通りに仕事をやっていて、全然悪くないの。でも、一般人を厳しくチェックして、外務省はノーチェックって、誰でも怒るわ」

もっとも、相撲界は常に「時の権力者」に寄ることで、その身を守ってきた。相撲史をひもとけば一目瞭然で、平安時代は貴族に、武家時代は武将に、江戸時代は幕府に、戦時中は軍部についた。でなければ、とても伝統文化を守り、継承することはできなかったと思う。

その意味において、私は「時の権力者」につくという姿勢を、むしろ潔いとして肯定している。しかし今、「時の権力者」は「政府」か？　それに、政権なんて、明日をも知れぬ。もしも、外務省がノーチェックだったと知ったら、国民は怒る。怒ったらどうなるか。国民は政権交代させるほどの力を持つ。協会はその浄化に対する厳しい姿勢を誰に示すべきか。「時の権力者」たる国民にだと思い至れば、外務省をも車から降ろし、券を一枚ずつ持たせて正面入口まで歩かせただろう。

正面木戸口には、巨大な看板があり、「暴力団お断り」の内容が書かれている。その看板の大きさと言ったら、それだけで興ざめである。当時の川端達夫文部科学大臣が、「何もこまで大きくしなくても……」とあきれたというシロモノ。もっとも、この極端ぶりが角界らしくて、私は嫌いではない。

問題は館内の過剰警備である。国技館の中はすり鉢のような設計になっており、すり鉢の底にあるのが土俵、すり鉢のてっぺん部分に、13か所の入口があり、階段が底まで続く。客は階段を下りて席に着く。

九月場所では、この13か所の入口に係員が立つようになった。その係員が入場券をチェックする。自席に近い入口でないと、入れてもらえない。現実に、女子高生風の三人は、「うちらの席は正面だけど、向正面の感じも知りたいから、ちょっとだけこの入口から入れて。中を見たらすぐ出てくるから」

と言ったが、「ダメです」の一点張りで追い返された。

さらにだ。各階段には制服のガードウーマンがいる。彼女たちは以前からいたのだが、ニラミは厳しさを増している。私たちがいたA社の席は、階段横にあったのでよくわかったのだが、客が階段で立ち止まると、すぐに飛んできて、言う。

「立たないで下さい。チケットを見せて下さい」

さらにだ。これは今場所からだが、アルバイトらしき人たちが「財団法人日本相撲協会」と白く染め抜かれたエビ茶色の半てんを着て、各階段下にいる。耳にはイヤホーンをつけており、トランシーバーでも持っているのかもしれない。半てんたちは土俵に背を向け、姿は温泉旅館の下足係のようだが、目は要人のSPさながら客席をにらみ回す。

たまたま、私たちの横の階段を、六つか七つかという女の子が上がってきた。スカートをひらひらさせて、嬉しそうに階段を昇る。その時だ。温泉旅館の半てんが呼び止めた。

「どこ行くの？　チケットを見せて」

女の子は答えた。

「トイレ。チケット持ってきてない」

「持ってこないとダメなの」

それを見ていたのか、今度はガードウーマンがかけ下りてきた。女の子は二人にはさまれ、

「チケット」と何度も言われて泣きそうになっている。

この子が暴力団でないことくらいわかるだろう。私がそう言おうとした時、様子を見ていたらしい父親が、チケットを届けに来た。

しつこいようだが、この幼女をトイレに行かせず、外務省はノーチェックって何なんだ。

協会は何をどう指示しているのか、警備は一事が万事これ。赤ちゃんのオムツを換えに出る母親は、半てんとガードウーマンにはさみうちされ、ぐずる赤ちゃんを抱いたままチケットを取りに席まで戻った。

駐車場から館内まで、まじめな勤務態度はよくわかるが、あまりに稚拙と言わざるを得ない。

協会が、世間のお好きな「クリーン」をめざす姿勢はよくわかった。しかし、稚拙な警備では、間違いなく客は減る。私もうんざりし、この一回だけしか行かなかった。

副賞金の使いみち

社会貢献支援財団では、毎年十一月に日本財団賞の贈呈式をおこなっている。

これは、自分の命の危険も顧《かえり》みずに人命救助をなした人々をはじめ、社会貢献やボランティア活動に力を尽くした個人、団体が対象である。それは国内、日本人のみならず、海外での活動、外国人も対象となる。

私は二〇〇〇年から選考委員に加わったのだが、社会に貢献されている方々はたくさんおられ、その中から限られた人数、団体を選ぶのは大変なプレッシャーを感じる。毎年、候補者の行動に関するぶ厚い資料が届き、それを読みながら必ず、「こんな立派な日本人が、まだいるんだなァ。日本も捨てたものじゃないなァ」と思う。

例えば小学生と中学生が協力して火事の延焼を防いだり、溺れている大人を助けるために高校生が川に飛び込んだり、そういうケースもたくさんある。それに対しては「無謀だ」と怒る人もあろうが、事故を見た時、体が「咄嗟《とっさ》に」動いてしまった方々を知ると、「無謀だ」

などと冷静に言う気持ちは引っ込む。ただ、現実に、他人を助けたがために幼い我が子を残して殉職したり、ご自分が命を落としたりというケースもある。それでも「咄嗟に」そうしたのかと思うと、人間というものに心打たれてしまう。

私が初めてその贈呈式に出席したのは、二〇〇〇年のことだった。その時の曽野綾子表彰選考委員長の挨拶が、今も忘れられない。当時、副賞は百万円だったのだが、曽野委員長は挨拶の中で、次のようにおっしゃった。

「実は昨年も申し上げたことなのですが、副賞の百万円については、長年、人のためにお尽くしくださった皆さま方のことですから、このお金も有意義に、他人のために使おうなどとお思いかもしれません。しかしどうぞそんなに堅くお考えにならず、長年のお働きに対して、気楽にお使いになって頂きたいと願っております。

百万円ありますと、お子様とご一緒のハワイ旅行、お宅のお風呂場やお台所が古くなっておられましたら最低限の修理、また、かなり状態のいい軽自動車の中古車の購入くらいでしたら可能でございます。

父上を失われたお子様方が、将来、上級学校へ進まれる時には、父上が密かに残された親心として入学金の一部にでもして頂けましたなら、どんなに嬉しいでしょう」

私はこれを聞いた時、ちょっと言葉にできないほど感動した。

今まで、多くの贈呈式に出たが、こんな挨拶は初めてだった。日本人はよく、お金の話を避けると言われるが、私が今までに出た贈呈式に限って言えば、主催者が副賞金に触れた挨拶は記憶にない。

それが、正装の訪問着姿も美しい曽野委員長が、壇上から「風呂場、台所の修理」などと、びっくりするような単語をおっしゃる。壇上には常陸宮ご夫妻がご臨席されており、お二人は微笑んでいらした。

受賞者は曽野委員長が常陸宮ご夫妻の前でこう挨拶され、かつ、ご夫妻が微笑んでいらしたことにより、きっと、「そうか、自分のために使っていいのね」と楽になったに違いない。

考えてみれば、個人が表彰されれば個人が、団体が表彰されれば団体が、その副賞金を自由に使っていいのは当然だろう。だが、現実には受賞者がそのお金でパーティを開いて感謝の念を示したり、記念品を作って関係者に配ったり、それが慣例化しているケースもあると聞く。

また、世話になった方々に何か贈ったり、ごちそうしないとうるさいからという話も、耳にしたことがある。曽野委員長のように、主催者が挨拶で触れたなら、悪しき慣例も減っていくのではないだろうか。

私は一九九三年に第一回橋田賞を頂き、副賞が百万円だった。その時、祝賀パーティで、橋田壽賀子先生が私にそっとおっしゃった。

「自分の好きなように使いなさい」

私は仕事机に合わせて、椅子をイタリアにオーダーした。革張りで、背もたれもクッションもとても具合がよく、幾ら座っていても疲れない。一九九三年当時、確か六十万円くらいだったと思う。残りは大相撲の枡席を買い、大阪場所や九州場所など地方へ行く旅費にもあて、何年か心ゆくまで楽しんだ。

そして先日、私はＴＢＳドラマ『塀の中の中学校』でお世話になったボランティア団体に、お茶代程度のほんのわずかなお金をお渡しした。

この団体は松本少年刑務所の受刑者たちを支えており、「少年母の会」という。受刑者が更生し、二度と犯罪に手を染めないよう、物心両面で細やかに活動している。運動会や青春メッセージ発表会など数々の行事にも賞品を出し、会員は出席する。

受刑者の中には愛情をあまり受けずに育った者もおり、会員たちの「いつでもあなたを気にして、いつでも見ているのよ」という姿勢は、彼らにとって更生の力にもなろう。

ドラマを書くにあたり、会員たちにお世話になったため、お礼のつもりで、

「これは会のために使わず、いつも幹事役で走り回っている方々でおいしいケーキでも召し上がって、明日の活動の力にして下されればと願っています」

と添えて渡した。

後日、お礼状が届き、書いてあった。

「おいしいケーキを……とあり、本当に嬉しく思いました。でも、これは会へのご寄付として、会のために役立てさせて頂きます」

私は「やっぱりなァ」と苦笑しつつ、会のために使うのが一番安らぐ使いみちなら、それもいいかと会員たちの顔を思い浮かべた。

サンマの冷凍裏ワザ

家庭用冷蔵庫の小さな冷凍室で、サンマをみごとに冷凍する裏ワザを教わった。すぐにやってみたところ、冷凍サンマがピンピンの旬のサンマに戻ったのだから、驚いた。

普通、一匹ずつラップでくるんで冷凍する人が多いと思うのだが、それだと空気中の酸素と結びつきやすいそうだ。特に青魚の脂質は酸化しやすく、空気をピシャッと遮断して乾燥を防ぐことが大切。誰しもそこまでの遮断は難しいと思うだろうが、これが簡単。

まず、ビニールの袋にサンマを入れる。そして、それを横にした時にサンマを覆《おお》う量の水を入れる。ビニールの口をかたく縛り、横にして冷凍室へ。

これだけである。こうすると、水も凍る。つまり、サンマは氷漬けになり、空気に直接触れない。そのため、臭みや変色から守られ、乾燥とも無縁。

解凍は、そのビニール袋を冷蔵庫に入れるだけ。

業務用冷凍では、食材を氷の膜でコーティングする「グレージング」という方法が使われるそうで、これはその応用だという。アサリやシジミなどの貝類、エビにも向くそうだ。

この裏ワザを教えて下さったのは、食品冷凍学の専門家である東京海洋大学の鈴木徹教授である。私は全国のＪＦＮ系列33局のＦＭラジオ局を通じて『内館牧子のエコひいきな人々』という番組を持っている。そこにゲストとして、鈴木教授においで頂いたのだ。

この番組は名前の通り、エコや地球温暖化を考えるものだが、ある日、私は自宅で食材の冷凍に失敗し、結局、泣く泣く全部捨てた。捨てながら、ふと冷解凍の知識を正しく得ることは、エコにつながるのではないかと思った。

確かに冷凍保存にはエネルギーを使うが、食材を捨ててゴミを増やすことは避けられる。何よりも、旬のおいしいものを捨てるもったいなさといったらない。

今までも女性誌などで、冷解凍の上手な方法という記事はたくさん読んでいたが、実際に食品冷凍学の見地から学問的に科学的に教えて頂くと、これは大変な説得力である。

そして、都市伝説の如く伝わる「冷凍すると味が落ちる」、「冷凍すると栄養が失せる」ということも、要は正しい冷解凍をしていないからだと実感させられた。

鈴木教授はおっしゃる。

「正しい冷凍方法でやれば、トマトはうまみ成分が1・5倍に増えますし、スペアリブなど固い肉は冷凍中に組織が柔らかくなっておいしくなる。栄養だって、冷凍するとシジミはオルニチンが4倍になり、キノコのグアニル酸も増えます。下茹でした野菜は、酵素の働きが失われるため、冷凍するとビタミンなどの分解が進みません。栄養が保たれるわけですね」

　さらに、家庭用冷蔵庫の冷凍室はマイナス18度とされているが、それが保たれていれば、微生物は永久に増殖しないのだという。冷凍は非常に安全安心で、おいしく、かつ栄養を保つ保存方法なのだ。正しく冷解凍する限りにおいてだが。

　その第一の決め手は「冷凍前の準備」だという。

　まずは「良質の食材を選ぶこと」だ。旬のものならなおいい。へたった食材は正しく冷解凍しても、へたったままである。

　もうひとつは、野菜は「下茹ですること」。生野菜を冷凍すると、酵素の働きで栄養成分も組織も変化し、ベチャッとまずくなる。ということは、酵素の働きを止めればいいわけで、それには下茹でが必須。野菜の種類や大きさにもよるが、熱湯に10秒から30秒程度くぐらせて固茹でする。

　そして、もうひとつ大切なのは「下味をつけること」。スペアリブなどの肉類は、下味をつけて冷凍する方が傷みを抑えられ、味がしみておいしくなる。これは細胞と細胞の間に下味成分が入りこみ、細胞どうしがくっつきにくくなるため。そして、食材が調味液にコーティングされ、空気に触れにくいメリットがある。

また、塩や酢、出し汁などで下味をつければ、生野菜も冷凍できる。キュウリでもシャキシャキに戻るそうだ。

これらの準備がすんだら冷凍保存するわけだが、大敵は「乾燥」「冷凍やけ」「霜つき」。鈴木教授は、

「とにかく空気に触れさせないことです。ラップや保存袋の空気は抜けるだけ抜く。密封容器に入れる場合はスキマができないよう、食材をいっぱいに入れる。市販の容器や袋のまま冷凍するのはダメです。あとはサンマの例でお話しした氷漬け。それと、霜は食材から抜けた水分なんです。つまり、霜がつくということは、食材が乾燥しているという証拠です」

霜は冷凍室の開閉による「温度変化」が大きな原因だという。私は100円ショップの冷蔵庫用ビニールカーテンをつけて、ガードを始めた。

そして解凍だが、細胞を破壊する「魔の温度帯」があり、それを避けることが決め手だという。解凍時に、魔の温度帯に置けば置くほど、食材のダメージは大きい。

「魔」のひとつは、何と「常温」。多くの人は、常温解凍は自然でいいと思っているのではないか。私もそうだった。しかし、常温下では組織を変化させる酵素反応が起こりやすく、色や栄養や味をそこなうという。電子レンジや熱湯解凍、冷蔵庫解凍の方がよく、また、流水解凍は常温に近いため、氷を入れると傷みが少ないそうだ。

さらに、生卵は冷凍できないと知っていたが、とき卵にすればＯＫというのも目からウロコだった。

エレベーターの無礼者

先日、仕事の後で女友達のマンションに寄った。

帰る時、彼女は一階のエントランスまで送ると言って、一緒にエレベーターに乗った。

すると、途中の階から女の人が乗ってきた。年齢は三十代半ばだろう。大きな大きなサングラスをかけている。サングラスの奥に、濃いつけまつ毛の目が見える。そして、金髪の一歩手前という茶髪を肩まで波うたせている。

このマンションの住人らしく、私の女友達はすぐに挨拶した。

ところが、その巨大サングラス女は返事もしない。狭いエレベーターであり、乗り込む時には私たちと目が合っている。さらには目の前で挨拶されているというのに、平然と無視して、シャラッと立っている。それも三十代半ばにも見える大人がだ。住人が住人に挨拶されているのにだ。

やがて、巨大サングラスはサッサと先立ってエレベーターを降り、ロビーを歩き出した。

ロビーを掃除していた人たちや、管理室の人たちが、

「今晩は」

「行ってらっしゃい」

などと挨拶するが、一切無視である。

すると私の女友達が、苦々《にがにが》しそうに言った。

「いっつもああなのよ。あの女、ブスなくせに挨拶できないの」

私はつい笑って、

「ブスと挨拶は関係ないでしょうよ」

と言うと、彼女は、

「大ありよ。ブスは挨拶できなきゃ、アナタ、取るとこないでしょッ」

とののしった。確かにその通りだ。

巨大サングラス女は母親と二人で住んでいて、母親はすごい美人だそうだ。

「それなのに、母親はすごく感じがよくて、挨拶だって向こうからしてくれるのよ。管理人さんやお掃除の人たちにも笑顔で、『いつもご苦労様』とか言うんだから。私はあの娘と出くわすたびに、ホントにイヤな思いするのよ。ちゃんと挨拶できないなら、黙礼するくらいだっていいでしょ」

女友達は怒りをぶちまけたが、確かに挨拶できない人と会うと、相手が大人であろうが子供であろうが、イヤな思いをするものだ。

数年前、私が東北大の大学院生として仙台にいた時のことである。仕事関係のA氏が来仙し、彼の宿泊しているホテルで一緒に朝食をとることになった。

私がエレベーターでレストランへと向かっていると、途中の客室階から四十代後半かという男が乗ってきた。もちろん知らない人だが、目が合ったので、

「おはようございます」

と言うと、男は返事をしない。無言である。チラと行先階ボタンを見て、他の階を押さないということは、やはりレストランに行くのだろう。

するとと次の階でA氏が乗ってきた。彼もその男と目が合ったようで、

「おはようございます」

と言った。男は無視である。挨拶を返さない。すると次の瞬間、A氏は頓狂《とんきょう》な声をあげた。

「あれェ！　この人、挨拶できないんだァ！」

男はあわてて、次の階のボタンを押すと、逃げるように降りて行った。本当はレストランに行くつもりだったのに、挨拶ができなかったがために、何の用事もない客室階に逃げざるを得なかったわけである。しかし、あわてて逃げたということは、挨拶をしないことはよく

ないのだとわかってはいるのだろう。

結局、男はレストランのモーニングタイムが終わるまで、姿を現さなかった。A氏と鉢合わせるのがイヤだったに違いない。男は挨拶ができなかったがために、朝ごはんを食べそこねたのである。全然気の毒ではないけどね。

ある時期、あまりにも大人も子供も挨拶ができないということが、問題になった。オーバーではなく、国レベルの問題になったといえる。ところが、つい先日公表された、独立行政法人「国立青少年教育振興機構」が二〇〇九年度に実施した調査結果は希望の持てるものだった。

「近所の人や知りあいに必ずあいさつをする」という子供が、11年前の調査に比べて8ポイント増の44%だという。もちろん、これは100%になるべきものだが、「ブスなくせに挨拶できない」という女と会った直後に知った結果だったので、たとえ44%でも、8ポイント増には何だかいい気分になった。

この調査は、全国の小学校4年生から6年生、中学2年生、高校2年生、及び全学年の小学生保護者の計約3万5千人を対象としたものである。

他にも「家の手伝いをする」という子供も増加傾向にあり、「買い物を手伝う」と答えた小中学生は11年前より14ポイント増の70%にも達した。「家の掃除を手伝う」という子供も

13ポイント増の64％である。小2、小4、小6の保護者では、子供に「お手伝いとして何か決めたことをさせている」と答えた人たちが63％。これも11年前より13ポイントもアップしている。

同機構はこれらの結果に、

「しつけに対する親の意識が高まったことも背景にあるのではないか」

と言う。

私は東京都教育委員として、都内の公立小中高によく行くし、入学式や卒業式にも出席する。確かにこのところ、どこの学校の生徒もきちんと挨拶する。一時は「躾《しつけ》」という言葉さえ、「子供の人権侵害」などとして忌み嫌う人たちもいたが、やはりなすべき躾は厳然となすべきだと思う。

我が子が巨大サングラスの女や客室階に逃げた男のようになっては、誰よりも本人が不幸である。

よく似た人

『週刊現代』の十一月六日号に、伊集院静さんが「人違い」について書かれている。「世の中には自分によく似ている人が、三人だか、七人だかいるという」とした後で、次のようにあった。

◎

なぜ三と七かはわからぬが、私にも自分に似た人という話で妙な出来事がある。

「伊集院さん、昨夜、K楽園ホールへボクシングの観戦に行ってましたよね」

「私が？」

「ええ、これまでも何度かお見かけを」

「…………」

或る時は、こうである。

「わざわざ大阪までタイトル戦の観戦に行かれてたんですね」

ぞ迷惑な話だろう。申し訳ないと思う。


「何の話だね」

私は勿論そこにいない。

読者からの手紙にも、ボクシングがお好きなんですね、と書かれたものが何通かある。

その人がボクシング好きで、私に似ていらっしゃるのかもしれない。その方にとってはさ

◎

これを読んだ時、私は思わず声をあげた。

というのも、ここに書かれている「その方」とは、私といつも一緒にボクシングを観に行く友人のことなのである。

私は中学生の頃からボクシングファンで、今はいつも「その方」と一緒に行くのだが、彼は伊集院さんとそっくりである。ロマンスグレーであるところも、堂々たる体軀《たいく》も、もちろん顔も、そして服の着こなしが洗練されているところもだ。

私と彼はたびたび後楽園ホールで観戦するばかりか、有明コロシアムでもさいたまスーパーアリーナでもパシフィコ横浜でも、観たい試合があれば駆けつける。大阪のタイトル戦にもだ。

伊集院さんと彼がどのくらいよく似ているかというと、観客席で並んで座っている時、見

知らぬ人が彼に握手を求め、言った。

「ファンです。全部読んでいます。頑張って下さい」

　彼は手を握るわけにもいかず、困り果てる。

　たいていは私が、「握手、握手」とつつく。というのも、相手の人たちは本物の伊集院さんと会えた喜びと、憧れの伊集院さんと自分がボクシングという共通の趣味を持っていることに感激し、頬を紅潮させているのである。そんな時、「ボクは別人です」と言ってシラケさせては気の毒だ。それに、何しろ似ているので「フン、本人のくせにイヤなヤローだ」となりうる。それでは伊集院さんご本人のマイナスだと、私は勝手な理由をつける。申し訳ないのはこちらの方である。

　また、ボクシングのテレビ中継等で、私と彼の姿が映ったりすると、来る手紙がふえる。そこには、

「伊集院さんといつも一緒ですね」

「友人が内館さんは伊集院さんと必ず一緒に来てるよと言っており、テレビを見て本当だと驚きました」

「先週、赤坂で伊集院さんと飲んでいましたね」

　などと書いてある。これすべて、ご本人ではなく、よく似た彼である。

伊集院さんは「その方にとってはさぞ迷惑な話だろう。申し訳ないと思う」と書かれているが、私はいつも彼に言う。

「伊集院さんに似てるなんて、勲章よ。最大級のほめ言葉だわ」

誰かに似ているという場合、困るのは「勲章」にならない人とそっくりと言われることだ。それがマンガやアニメの登場人物とか動物だとまだ救いはある。バカボンのパパと似ていると言われても、トドに似ていると言われても、嬉しくはないが笑ってすませられる。問題は実在の人間で、決して勲章にもほめ言葉にもならない人の名を出されることだ。

誰かに向かって「似ている」と口にする場合、それが勲章になる人かどうかを考える必要がある。おそらく、本人は自分がその人に似ていることを自覚し、周囲からよくそう言われ、不快に思っている場合が多いはずだ。「勲章になる人じゃないな」と思ったら、たとえ瓜二つでもその名を出してはいけない。

もう十数年も前のことだが、私は某テレビ局が主催する某コンクールの審査員をやったことがある。終了後、コンクール出場者も一緒に、簡単な立食パーティが開かれた。私が来賓の女性と話していると、入賞した二人が挨拶にやって来た。丁寧にお礼を述べた後、一人が来賓女性に向かい、

「××さんに似てますね」

と言った。するともう一人も言った。

「僕もずっとそう思ってました。よく似てますね」

××さんというのは、その人間性や能力や人望等々は別にして、容姿を考えた時、女にとってはまったく勲章にならない相手だった。「似ている」と言われた彼女はムッとし、私もうまく話題を変えられず、何ともイヤーな空気が流れた。二人もその空気に気づいたようだが、なぜそんな空気が流れたのかは理解していなかったと思う。居ごこち悪そうに、スーッとその場を離れた。

今にして思うのだが、著名な××さんと似ているということを、彼らは「勲章」として口にしたのかもしれない。しかし、それは大きなカン違いである。男にせよ女にせよ、どんなに相手が立派でも著名でも、容姿がよくない人と「似ている」とは言わないことだ。

伊集院さんによく似た彼に、『週刊現代』の文章について話し、私がまたも、

「伊集院さんに似ているなんて、勲章よね」

と言うと、彼はフフフと笑い、答えた。

「俺もそう思うよ」

伊集院さん、全然迷惑していませんからねッ！

白鵬はなぜ負けたか

横綱白鵬の連勝が稀勢の里によって（二〇一〇年当時、前頭筆頭）63で止まった。横綱双葉山の連勝記録69を破ることはできなかったが、私は白鵬の状態を見る限り、80台もありうると思っていた。

メディアでは多くの人が、

「若いんだから、もう一度挑戦し、超えて欲しい」

と語っている。これを今言うのは、幾ら何でも酷というものである。

ただ、「もう一度挑戦し、超える」方が、今回すんなりと超えるより、白鵬にとっては間違いなくプラスである。

というのも、白鵬の「69超え」には、非常に複雑な国民感情があった。

それは、元横綱大鵬の納谷幸喜さんが、「正直なところ、69連勝を抜く姿を見たかったという残念な思いの半面、ホッとした気持ちもある」と言い、双葉山の故郷・大分県では、双葉山資料館の新貝館長が、白鵬の敗戦を「かわいそう」と言う半面、「偉大な双葉山の記録が維持できて、内心うれしい。両方が心の中にあります」と言う（共に11／16「日刊スポーツ」）。まさにこれが国民感情であり、「69超えはやって欲しいし、やって欲しくない」のが現実だったと思う。

この感情は、白鵬が外国人だからではない。おそらく、大鵬や柏戸であっても、北の湖や千代の富士や貴乃花であっても、国民は「やって欲しいし、やって欲しくない」と思ったはずだ。

日本人にとって、双葉山は聖域なのである。69連勝は、開けてはならぬパンドラの箱なのだ。

白鵬が負けたのは、慌てた相撲だったとか、冷静さを失って勝ち急いでいたとか、種々の理由が言われている。しかし、最大の理由は、どんどん近づいてくる「69超え」に、白鵬自身の畏怖《いふ》の念が強くなってきたせいだと、私は考えている。

白鵬が日本人の心を持っていることを、国民は誰も疑うまい。天皇賜杯がなかった名古屋場所では、「この国の横綱として」と言って涙ぐんだ人である。そんな白鵬であればこそ、自身も日本人と同じ国民感情を抱いていたのではないか。「69超えをやっていいのか悪いのか」と。

入門前から白鵬少年を世話していた「摂津倉庫」の浅野毅会長が、『週刊朝日』で語っている。

「10月初めに白鵬から電話がかかってきました。『双葉山さんの記録、破らないかんですかね』と言うから、『それが〝ご恩返し〟だ』と言いました。そうしたら『そうですかねぇー』って。その『ねぇー』がいつもより長かったんです。考えとったんでしょうね」

ここに、私は白鵬の「聖域」に対する畏怖を見る。

「記録、破らないかんですかね」、「そうですかねぇー」という言葉の奥には、「プレッシャー」という浅い横文字では測れない、白鵬の畏《おそ》れを感じる。

白鵬がもしも、サイボーグのような機械的戦士であったり、「勝ちゃ文句ねえだろ」のアスリートであったり、日本人と同じ国民感情を持ち得ない「外国人」であったなら、「69超え」はもっと気楽に達成できたかもしれない。そういう人は、畏怖という感情とは無縁だからだ。

白鵬は対戦相手に勝つこと以外に、聖域を侵《おか》すことへの畏怖と戦わねばならなかったのだ。

国民感情として、他にも幾つか理由がある。

ひとつは、双葉山が連勝をスタートさせた昭和11年は「年二場所制で、一場所は11日間」だった。翌12年五月場所から、「一場所は13日間」になったが、1年間で最大22勝から26勝しかできない。

こういう中で、双葉山は4年をかけて、69連勝に到達している。4年にわたり、心技体を磨き続け、勝ち続けたのである。

一方、現在は「年六場所制で、一場所は15日間」だ。1年間で最大90勝できる。それは双葉山の時代に比べたなら、連勝のチャンスが多く、それも1年間だけ必死になればいいことではないか。そういう意見があることも事実だった。もし白鵬が「69超え」をしても、双葉山と同等には扱うべきではないという手紙が、全国から私のところに届いている。

そして、もうひとつは、白鵬にはライバルがいないという事実だ。一人横綱であり、大関陣は不安定。関脇以下は推して知るべし。もしも、かつての千代の富士や北の湖や貴乃花や、そんな強豪がひしめく中で、「69超え」をやるなら、年六場所でも認めるが……という気持ち。白鵬の大記録がかかる場所でありながら、客の入りが悪い一因は、ライバル不在のつまらなさにもあろう。双葉山のように玉錦、前田山、男女ノ川《みな》らがしのぎを削っていた時代と同列にはできないという感情は、ファンの間ではよく吐露されていた。

私は、もしも今回、白鵬がすんなりと「69超え」を成していたなら、これらのマイナスは一生ついて回ったと思う。双葉山を上回る記録を立てても、評価は低い可能性がある。

しかし、63の後でもう一回挑戦し、超えたならば、マイナスはもうつくまい。「63まで行きながら、再び立ち上がって69超えをした横綱」として、今度は国民に諸手《もろて》をあげて祝福されるのではないか。

聖域に対する複雑な国民感情も、白鵬自身の畏怖の念も、今度はかなり希薄になると思う。白鵬を悪く言う日本人に、私は会った記憶がない。再び聖域に挑むことを、本心では私も願っている。

ところで、協会は座布団を四枚縫い合わせて投げられなくするような野暮は即刻やめよ。座布団が舞わずして、何の金星か。ねえ、稀勢の里。

盛岡文士劇で凄い役

私の動脈と心臓が突然おかしくなり、救急車で岩手医科大学附属病院に搬送されたのは、二年前の年末だった。そして長時間にわたる緊急手術。倒れたのは盛岡市で、年末風物詩ともいえる「盛岡文士劇」に出演し、初日の公演が終わった直後である。その時は「少し横になっていれば、二日目の公演にも出られるだろう」と思っていたのだが、現実にはそんな軽いものではなかった。

退院してから、「実は生死にかかわる状態が続いた」と聞かされ、事実、二か月間も集中治療室から出られなかった。何の合併症も後遺症もなく、生還できたのは奇蹟的だという。

あれから二年、私は思い立った。

「そうだ、今年はまた文士劇に出よう！」

盛岡文士劇は直木賞作家の高橋克彦さんを中心に、盛岡在住の作家、脚本家、音楽家、彫刻家、写真家などが時代劇を演ずる。これまでにゲストとして井沢元彦さん、岩井志麻子さん、浅田次郎さん、北方謙三さんをはじめ、華やかな作家たちも出演してきた。

私は父が盛岡出身ということで、やや地元枠に近い扱いで、すでに数回出演している。公演当日は、各作家の担当編集者が東京からたくさん集まり、夜は連日の酒盛りである。

私は考えた。

「そうだ、岩手医大の主治医の先生たちにも、顔色のよさと元気ぶりをお見せしなくちゃ。それには文士劇に出るのが一番だわ」

そして、すぐに盛岡在住の脚本家、道又力さんに連絡した。彼は毎年、ほとんどボランティアで文士劇の脚本を書いている。私は、

「あなたみたいな見上げた人がいないと、文士劇は続かないわよねえ」

と、ひとしきり持ちあげた後で言った。

「私、今年は出るわッ。でも病みあがりだから、セリフが少なくて、負担が軽くて、一番目立つ役にして」

手術後二年もたち、お酒もガンガン飲んでいる私だが、自在に「病みあがり」を利用する。

すると、彼は嬉しそうに言った。

「ピッタリの役がありますぜェ。もうピッタリ」

「あら、何の役？　そんなに私向きなの？」

「もう、はめて書いたかという役ですなァ、これ」

「やるわ！　美しい村娘か何か？　ヤダァ、ピッタリ」

「いや、死神」

「えーッ!?　死神？」

「いや、幽霊ですかな」

「幽霊……」

「ま、お化けというか」

「あなたねえ、生死の淵をさまよって、やっと生還した私に、よく死神だか幽霊だかお化けだかやれって言うもんだわね」

「嫌とおっしゃる」

「ううん、その役は生死をさまよった私にしかできないわッ！　任して！」

「秘書のコダマさん、怒りますかな」

「コダマはみんなのハチャメチャぶりに慣れっこだから怒らないわよ」

実際、コダマに「死神をやる」と伝えたら、「あ、そうですか」だけだった。

盛岡文士劇の第一部は現代劇で、毎年、盛岡弁でやる。出演者は地元テレビ各局のスターアナがそろい、今年は落語『火焔太鼓』を舞台化。そして、私たちが出る第二部の時代劇は、ディケンズの名作『クリスマス・キャロル』を道又さんが江戸物に書きおろした。題して「世話情晦日改心《よわなさけみそかのかいしん》」。

原作は、強欲な高利貸しの男の前に、三人の幽霊が現れる話だ。自分の過去を見せつける幽霊、現在を見せつける幽霊、未来を見せつける幽霊だ。その結果、カネの亡者のような男は、自分の人生を反省する。強欲なカネの亡者は高橋克彦さんが演じ、私は「未来の幽霊」役である。

ここまでは納得ずくだが、稽古《けいこ》に行って驚いた。私が登場するのは薄暗い夕刻の雪降る墓場。全身を黒ずくめの衣裳で覆い、顔もすっぽりとかくし、墓石からヌーッと現れるのだ。墓石からヌーッと現れては、主治医としてはせっかく生還させた私が、結局死んだか……と嘆かないかしら。嘆くわ！　嘆くに決まっているわッ。それに、顔まで黒布で覆っていたのでは、主治医も顔色がいいんだか悪いんだかわからないではないか。

道又さんにそう言うと、

「ほう。では目だけ出しますかな」

秘密結社のＫＫＫかッ。

ここから先が信じられないと思うのだが、文士劇は毎年、チケットが買えないのである。盛岡劇場は花道を作ると四六五席、三回公演なので一三九五人が入れるのだが、市内九か所のプレイガイドは、三十分ですべて完売。実は徹夜組までおり、販売一時間前に整理券を配り、買えるのは一人二枚までという制限つきである。出演者でさえ買うのは大変で、とても各社の担当編集者に行き渡らない。主治医たちに顔色を見せるどころの話ではないのである。

プレイガイドに並べない人たちや、盛岡市以外の人たちのために、二百席はハガキで応募してもらい、抽せんに当たると買える。が、何と倍率十倍だそう。何しろ道又さん本人も応募し、かつ、毎年、一時間前からプレイガイドに並んでいるのだ。

こんな状態で、稽古に行くと出演者たちが互いに、「余ってる券、あったら買うよ」「余り券ない？」と、ダフ屋もどきの声をかけあっている。

今年も年末に幕が開く。友人知人、家族、そして医師や医療スタッフも私が再びこの舞台に立つ日が来ようとは思わなかったに違いない。すべての人間に、神が生まれながらにして与えた治癒力というものは計り知れない。私は今、感謝と共にそれを実感している。

いじめの定義

群馬県桐生市の公立小学校六年生女児が自殺した。

女児は級友からのいじめに苦しんでいたといい、学校はそれを認めた。

報道によると、女児は「臭い」「汚い」「あっち行け」などと暴言を受けていたと、父親が証言している。父親は、幾度も学校に訴え、救いを求めた。しかし、具体的な救済策は講じられなかったのだろう。女児へのいじめはエスカレートしていく。

ひとつは、女児の母親が学校に来た際、級友たちが言った言葉だ。

「お前の母親はゴリラ顔だ。だからお前もゴリラだ」

これはテレビの報道番組で父親が証言している。女児の両親は国際結婚で、母親はフィリピン人だった。

そしてもうひとつは、給食を「好きな人どうし」で食べるようになり、女児はどのグループからも仲間外れにされたこと。いつもみんなから離れた場所で、一人で給食を食べていた。

これは彼女の死後、同級生が各グループの位置関係を絵に描き、女児がポツンといた状態を明かしている。

とうとう女児は担任に、「私もどこかのグループで食べたい」と相談した。すると担任は「それなら自分で頼みなさい」と答え、女児は自分から同級生に頼んだ。ところが受けいれられず、それからもポツンと一人で食べ続けたという。

そして、「好きな人どうし」で給食を食べるようになって以来、女児の欠席日数は増えていく。親が電話で欠席を連絡すると、担任は「また心の病ですか？」と言ったと、父親は告白した。

私が驚いたのは、女児の葬儀会場にテレビカメラが入ったことだった。こういう事件の場合、カメラは入れないことが多い。だが今回、映像にボカシはかかっていたものの、はっきりとわかる祭壇や柩《ひつぎ》、そして取りすがって泣き叫ぶ母親らしき姿、声などが報道された。

カメラを入れたのは、紛れもなく両親の怒りの証明だと思った。大切な大切な娘が、わずか十二歳で自ら命を絶ったことへの怒り、そしてそこへ至るまでの娘の苦しみへの、さらにはいくら救済を訴えても結局は「また心の病ですか？」で処理されたことへの、おさえきれない怒り。それがテレビカメラの入場を許可したのだと思う。娘は自ら、この柩に入り、親や親族はこれほど悲しんでいるということを、広く知らしめたかったのではないか。それは当然の感情だろう。

母親への悪口と「一人給食」のいじめは、十二歳の女児にはあまりにも重い。

大人であっても、親の悪口を言われることは何よりつらい。私はかつて、世間から激しいバッシングを受けた著名人三人と会った。三人とも別々の時期に、別々の場所でだ。すでにバッシングはおさまっていたが、当時を振り返り、三人とも異口同音に言った。

「自分が叩かれるのは耐えられる。だけど、親のことまであざけり、叩かれるのは許せなかった」

私が脚本を書き、この十月に放送されたTBSドラマ『塀の中の中学校』には、中学未修了の犯罪者たちが登場する。その中で、渡辺謙さんが演ずる男は、人を二人殺した。その最大の理由として、私が設定したのは、中学さえ満足に行かせられなかった母親を、二人がせせら笑い、バカにしたことだった。母親は貧しさの中で懸命に生き、子を愛し、無理がたたって死ぬまで頑張った。そんな母親の悪口を言われ、男は二人を殺した。

放送終了後、全国からたくさんの手紙が来た。その中で「親を悪く言われ、私ももう少しで相手を殺しかねなかった。だから、謙さんの演技が泣けて、泣けて、どうしようもなかった」という内容は、人物を作った私が驚くほど多かった。

女児もおそらく、自分がゴリラと言われるより、母親がそう貶《おとし》められる方が、比較にならないないほどつらかったはずだ。

　担任はなぜ女児の味方につけなかったのか。もしも、授業で、

「フィリピンってすごい国なんだよ。スペインやアメリカの植民地になっても自分たちの誇りは捨てなかった。強大なアメリカに勇敢に立ち向かったんだよ。そうだ、せっかくフィリピン人のお母さんを持つお友達がいるんだから、来週の社会科では各グループがひとつずつフィリピンのことを調べて発表しよう。Aグループは歴史、Bグループは食べ物、Cグループは気候だ」

　と言い、女児に向かい、

「あなたはお母さんにフィリピンのいいところと、日本のいいところを取材して、発表して」

　と言ったなら、少なくとも女児は救われた。先生は私の味方であり、大好きなママを認めてくれていると思ったはずだ。

　そして、「好きな人どうし」の給食は、女児が仲間外れにされているとわかった時点で、即座にやめるべきだった。「仲間に入れてと自分で頼みなさい」というのは、獅子が我が子を崖下に突き落として鍛える愛情とは重ならない。

　先日、ある会議で特別支援学校の教師が言った。

「障害を持つ子で、昨年までは普通学校に通っていた生徒が、今年から特別支援学校に転校してきたんです。いじめられて耐えきれなくて。その子は泣いて私に言いました。『僕にもプライドがある』と。この言葉、しみました。絶対に守ってやると思いました」

文部科学省は、いじめの定義を「自分より弱いものに対して一方的に身体的、心理的な攻撃を継続的に加え、相手が深刻な苦痛を感じているもの」としているが、私は「その人のプライドを砕くこと」の一言だと思っている。

サバオと白い猫

私は母校の武蔵野美術大学で、月に一回の授業を持っているのだが、キャンパスには「サバオ」と名づけられたノラ猫がいた。

学生が言うには、

「体が鯖みたいな縞模様だから、サバオ」

だそうだ。武蔵美《ムサビ》にはかなりの数のノラがいるようだが、サバオはムサビの看板猫として、大学オリジナルのクリアファイルやボールペンなどにもデザインされる人気者。おとなしくてリコウで、いつでも正門の守衛所前で、凜と顔を上げて座っていた。

聞けば、学生たちはカンパを募ったりして、サバオや他の猫たちを病院に連れて行ったり、予防注射を受けさせたりしているという。

私はとにかくノラ猫が好きで好きで、ノラを見るだけで声が猫なで声になる。さりとて、今の世の中、ノラにエサをやっては裁判沙汰になるだけに、広大なキャンパスの「庭猫」として愛されているノラを見ると、正直、ホッとする。

国内でも海外でも、キャンパスにノラ猫がいる大学は多い。住宅街のノラよりは迷惑をかけまいが、それでも近隣住民からの苦情もあるかもしれない。

とはいえ、不幸なノラを作るのは人間である。

転勤や転居の季節、長期休暇の季節には捨て犬や捨て猫がふえると聞く。要は「お荷物」になって捨てるのだ。犬や猫は人間にされるがままであり、受け入れることしかできない。こうしてノラがふえていく。動物を飼う環境、経済力、責任、情愛のひとつでも欠けている間は、飼主になるには時期尚早である。

……というようなことを先日、『秋田魁《さきがけ》新報』の朝刊に書いた。すると、湯沢市に住む簗瀬均さんとおっしゃる読者から、面白い資料が届いた。手紙には、

「秋田県大館市生まれの忠犬ハチ公は全国的に有名ですが、横手市平鹿町《ひらかまち》には忠義な猫が実在していました。その猫は明治四十年に死亡し、翌年には『忠猫の碑』が建てられ、現在も市内の浅舞《あさまい》公園の一角にあります。『忠猫』というのは、全国でも珍しいでしょう」

という内容が書かれていた。

碑の写真を見ると、大きく「忠猫」と刻まれ、ひかえめな感じの上品な白い猫が彫られている。碑は男鹿半島の寒風山《かんぷうざん》の石で、「忠猫」の文字は、總持寺の当時の高僧が書いたそう

だ。

簗瀬さんの資料によると、この白い猫は、浅舞公園の創設者・伊勢多右衛門の庵で飼われていた。伊勢家には財力があったが、多右衛門はそれを社会のために使う男であり、貧民を救済する「感恩講」も作った。伊勢家の米蔵に蓄えた米を放出し、飢えに苦しむ人々を救う機関だ。さらには道路や橋を造ることもした。多右衛門の娘キクも地域の婦女子を庵に集め、養蚕や機織《はたお》り、浅舞染という染色などの技術を習得させていた。

ところが、明治二十八年頃、野鼠や蛇の害が甚大で、米蔵の米を食い荒らす。感恩講で出す米がないと、貧しい人たちは「おしん」のように幼い子供を奉公に出したり、娘を女郎屋に売り飛ばしたりせざるを得ない。また、その頃、多右衛門は浅舞公園を造っていたのだが、大変な数の鼠や蛇は樹木や花を食い散らし、側溝や堤までを破損するしまつである。

その時、白い猫が立ち上がった。

そして、十年間かけて野鼠や蛇を徹底的に退治したという。その間に、公園造成工事は順調に進んだ。

また、伊勢家の米蔵は浅舞村に何か所もあったが、白い猫はすべての米蔵を回り、鼠を退治した。日中は公園内で野鼠や蛇をつかまえ、夜は米蔵を回ったのである。その働きは、「猫の姿を借りて民衆の米を守る『いのちの番人』のようだった」と資料にはある。

また、この猫は「不思議なことに一度の交尾もなく、子をはらむ事がなく、聖女のようであった。猫でありながら、人々のために、ひたすら鼠退治に奔走した」とも書かれている。写真のひかえめで上品な姿からは考えられない行動力である。

伊勢家の慈善事業を、この猫が裏から支えていたことは間違いない。米は守られ、現在、浅舞公園は五十万本ものアヤメで名高く、全国から来た人々が憩う。また、キクと女たちによって伝承された浅舞染は高く評価され、天皇家に献上されるほどになった。すべて、鼠の被害がなかったためだと、村人は白い猫を讃えた。

浅舞村の人々のために、身を削って働きづめに働いた白い猫は、13歳で死んだ。

サバオも昨年死んだ。今、ムサビの正門にはサバオの像がある。彫刻学科の学生たちが、彫ったものだ。像の足元には缶が置かれ、学生たちが小銭を入れていく。寒くなった今は、バンダナで頬かむりさせている。

サバオは忠義を尽くしたわけではなかろうが、学生たちはきっと慰められたり癒やされたりしたからこそ、像を作り、寒さからも守るのだ。ムサビの正門で、これからも看板猫として伝えられ、頭を撫でられていく幸せ。

一方、白い猫の碑を建てた多右衛門も、伊勢家文書の文末で、

「永遠にこの功徳を伝えたい。碑を見る人々よ、忠義な猫の功績を忘れないで欲しい」

と書いているそうだ。

しかし、白い猫が没して103年、多右衛門が世を去ってからも96年。資料は、「今は忠義の猫を語る人も、知る人もいない」と結ばれている。

サバオに比べ、あまりにせつない。

読者の皆様、横手に焼きソバを食べに旅した折は、ぜひ浅舞公園の「忠猫の碑」に立ち寄って、

「よくやったね」

と声をかけて頂きたい。

棒読みの挨拶

年末になり、改めて思っている。「今年も色々な式典やパーティに出席したけれど、いい挨拶って多くはなかったなァ。いいスピーチを聴く機会なんて、何回あっただろう……」と。これは毎年、年末になると思うことだ。

結婚式や授賞式や、色々な祝賀会、また偲ぶ会や告別式、入学式に卒業式、落成式等々、社会人になればたくさんの会があり、挨拶を聴く機会がある。

が、心に残るそれは、本当に多くないものだ。それでも結婚式などで、新郎や新婦の友人が自分で必死に書いた原稿を読みあげたり、緊張してわけがわからなくなりながらもエピソードを披露したりする姿は、たとえそれが下手でも、好感が持てるし、会場にもあたたかい空気が流れる。

一方、最もつまらなくて、迷惑で、ありきたりで、美辞麗句の羅列で、抑揚がなくて、何も残らなくて、そらぞらしくて、偉そうで、早く終わってくれないかなと思う挨拶をする多くは、議員と官僚である。

もちろん、すべての議員と官僚がそうだというのではない。毎年、私の聴いた限りにおいての「多くは」ということである。

なぜ彼らの挨拶がひどいかというと、その「多くは」自分で語っていないからだ。秘書や部下が書いた原稿を、ボソボソボソボソボソと、抑揚なく読みあげるのだ。

人によっては、前もって原稿に目を通すことさえしていないように思える。壇上で初めて原稿を開き、読みあげる。当然ながら、目は原稿に落としっぱなしである。次の行に何が書いてあるか予習をしていないのだから、つっかえたり、とばして戻ったりというケースもある。なめるのもいい加減にしろと思う。

代筆したであろう秘書や部下が、ありきたりな、マニュアル通りの文章を書くのは当然だ。挨拶するのは自分ではないのだから、自分の思いや考えは書けない。まして、前もって読むことさえしないボスならば、マニュアルに沿うのが一番だとなるのは道理。

どれほどありきたりで、つまらない挨拶か、私が作ってみると、たとえば次のようだ。

「本日、ここに入学式を迎えられましたことは、ご家族や教職員のみならず、広く国民の喜びとするところであります。

これからは互いの人格を尊重し、思いやりと規範意識のある人間、社会に貢献しようとする人間、自ら学び、考え、行動する人間を、さらにめざして頂きたいと祈念しております。私は個性と創造力豊かな人間の育成に、大きな期待を抱いているものであります。

現在、日本は政治、経済ともに厳しい状況に置かれておりますが、皆さんの豊かな感性と若々しい行動力、そして大きな夢や希望によって、必ずや明るい未来が開けるものと確信しているしだいです。


さて、このたび日本の教育について各界の……」

もう、書くだけでゲンナリしてくるが、読者も読むだけでウンザリするだろう。

下手な挨拶というのは「さて」からが長い。やっと終わるかと思うと「さて」と来る。

この例文は「入学式」という言葉を「会社創立50周年」に換え、「皆さん」と「教職員」という言葉を「社員」に換えれば、そういう式典にも使える。用途に合わせて単語を換えるだけで、授賞式やほとんどの祝賀会に使い回しできる。

私は時に、地方で行われる式典や会に出席することもあるが、使い回しできる挨拶はよく耳にする（しつこいようだが、すべてではない）。

こんな挨拶をするために、いや、代筆の挨拶文を棒読みするために、ご本人はわざわざ飛行機のスーパーシートに座って、新幹線のグリーン車に乗って、お出ましかと思う。駅には出迎えの人とハイヤーを待たせる。たかが、あの代筆挨拶文を棒読みするためにだ。税金の無駄遣いもいいところであり、私は主催者側が招くことをやめるのがベストだと思う。

作家の丸谷才一先生は、これまでのご自身の挨拶をまとめた『挨拶はむづかしい』『挨拶はたいへんだ』『あいさつは一仕事』という三冊の本を出版していらっしゃる（朝日新聞出版刊）。帯に「名人芸」と書いてあるが、私は国語学者の大野晋先生のパーティで、一度だけ拝聴したことがある。それはもう、会場の空気が一気に和んだ「名人芸」であった。同書では、そんな丸谷先生でさえ、長くならないように配慮され、笑わせどころとか引用とか、大変に綿密にご自分で原稿を練ることが明かされている。名人の足元にも及ばぬ者は、「丸投げ、棒読み」の恥を知るべきである。

今年、印象に残った挨拶のひとつは、「第30回毎日経済人賞」の贈呈式で、経済産業省の望月晴文事務次官のものである。

受賞された佃和夫三菱重工会長の所縁《ゆかり》の方として挨拶されたのだが、日本の経済と技術についてわかりやすく刺激的に語られ、佃会長への思いも深くあたたかく、今もよく覚えている。こういう官僚もおられるのである。

また、二〇〇五年のことだが、日本生命の会長でいらした伊藤助成さんの告別式で、奥様が喪主挨拶の最後に、

「主人は年齢にそぐわぬほど髪が黒く、多く、皆様は鬘《かつら》と噂されていたようですが、あれは

正真正銘、本人の髪でございました」

ということを述べられた。悲しみの式でありながら、会葬者に笑いが伝わり、奥様の愛情がとてもすてきだったと、しばらく話題になったほどである。

挨拶は間違いなく「一仕事」だ。仕事を他人に丸投げしてはならない。

ダイエットストレス

「炭水化物ダイエット」というのが、今、注目を浴びているらしい。私は週刊誌を読んでいて、たまたまその記事を目にした。

それによると、二週間ほど炭水化物を断つのだという。米、パン、麺、芋、そして糖類など、炭水化物を中心に「糖質」を多く含む食品を二週間ほど断つ。そして、三週目からは、一食は炭水化物を食べていいとあった。実践者のコメントが出ていたが、一か月で五キロ減とか、かなりの効果があがるようだ。

それに、肉や野菜、魚など炭水化物でない食品は食べていいし、ウイスキーや焼酎も許されているため、ダイエットのストレスがないという。

もっとも、炭水化物を断って痩せるという方法は、かなり以前からあったように思う。というのも、もう十年近く昔に、私の友人たちが何人も実践しているのである。

その中の一人、A子は身長が一五五センチ程度で、体重はガンとして言わなかったが、七十キロをかなり超えていたと思う。何しろ太りすぎで膝を悪くし、杖をついてやっと歩いていた。ついに医師から「痩身命令」が出され、ダイエット専門のサロンに相談した。すると、インストラクターが丁寧に指導をし、食事メニューと運動プログラムを作ってくれた。それは、炭水化物を断つメニューだった。

七、八か月たった頃、私とA子と、もう一人の女友達のB子と三人で会った。約束のレストランに現れたA子を見て、私たちは絶句した。何ときれいなこと！

体は二回り細くなり、ちゃんとウエストがある。アゴもある。鎖骨が出ている。首もある。これまでA子のアゴと首は、肉に埋もれて、誰も見たことがなかったのだ。

その上、痩せると確かに若くなる。肌も艶々《つやつや》で、無理なダイエットではないことがわかる。ふんわりパーマの髪に花柄のワンピースがよく似合い、私たちはその変身ぶりに呆然とするばかりだった。

するとA子は、誰も訊きもしないのに、小首なんぞをかしげて、

「体重は五十二キロかな」

とぬかす。女は痩せると体重を言いたくなるのだ。

この日、三人で会ったのは中華レストランだったが、A子は饅頭類は一切食べず、春巻きや北京ダックも包んでいる皮は外し、八宝菜の根菜類は残し、みごとなまでに炭水化物を口

にしなかった。彼女は、

「こんな食べ方、行儀が悪くて親しい友達の前でしかできないわ」

と言っていたが、ここまできれいになって、それを保つ努力なのだから、友達として何だって許すわという気持ちにさせられた。膝もすっかりよくなり、杖などついていない。人間、痩せるとこうもすべてがよくなるのかと、私もB子も実感したものだ。

それからさらに七、八か月たった頃、またも同じレストランで三人で会うことになった。私とB子が先に着いてしゃべっていた時、B子の携帯が鳴った。A子からで、話し終えるなりB子は立ち上がった。

「A子が店の前にいるんだけど、迎えに来てって」

「迎え？　何で？」

「わかんないけど、ちょっと行ってくる」

間もなく、B子に支えられて、A子が入ってきた。その姿を見て、私は目を疑った。

もう巨体！　驚くほどのリバウンド、元の木阿弥、杖復活。アゴなし首なし鎖骨なし。B子の腕を借り、膝をかばってやっと歩き、椅子に座るなり怒濤の如くしゃべった。

「一年以上も炭水化物を我慢して、もう限界だったのよ。そしたらある日、テレビで脳外科医が言ってたの。脳はブドウ糖だけが栄養源だって。ブドウ糖はデンプンから供給されるって。つまり、炭水化物を摂らないと、脳によくないってことよ。でしょ！　もしかしたら、ボケるのも早いかもしれないと思ったのよ」

で、A子は「脳のため」という理由のもと、炭水化物断ちをやめた。その初日、コンビニのお握りを一個食べた。世の中にこんなにおいしいものがあるのかと思ったら、もう歯止めがきかない。

「ごはん三合炊いて、佃煮だけで全部食べちゃった」

「ウソ……三合全部？」

「朝だけで三合よ。昼はパスタ二皿食べて、夜はカレーライスを二皿」

私とB子は沈黙……。

結局、A子はあっという間にリバウンドし、膝もまた悪くなり、店の前でタクシーを降りたものの介助が必要な状態なのである。

他の女友達は、イタリア旅行中にパスタが食べられず、ストレスで泣き出し、ついにはミラノでドカ食い、リバウンド。また、仕事仲間のC氏は断酒に耐えきれず、つい一口飲んで、すべて水の泡。夜ごとウワバミ状態で、ダイエット前より太ってしまった。

ただ、これらは十年近く昔のことで、当時は「一生炭水化物は控えよ。すべての酒も一生控えよ」というやり方だったようだ。少なくとも私の友人たちはそうだった。それは無理というものであり、ストレスが頂点に達するとドッカーンと一気に食べ、飲み、巨体に戻るのは当然だ。A子は膝の手術までしたのである。

しかし、今は「二週間」は完全に断つが、あとはゆるやかにするため、無理はないようだ。A子は早くも実践しており、言った。

「私、これならやれる。闘志燃やしてるの」

それを聞いたB子に、

「闘志より脂肪燃やせ」

と言われたそうで、早くもストレスをためている。

平成も23年か……

平成二十三年を迎え、昭和の最後からアッという間だったなァと思う。私は昭和二十三年生まれなので、きっと大正の最後からもこんな感じで、アッという間だったのだろう。そう思うと、大正時代というものさえ、あまり遠くに感じられないほどだ。

私は母校の武蔵野美術大学で、月に一回だけ「シナリオ演習」の講義を持っている。映像学科の三年生と四年生が対象で、十五人程度のゼミ形式である。

課題は毎月、テーマを出してシナリオを書かせる。といっても、四百字詰め原稿用紙で十枚程度の短いものである。テーマは「母」であったり、「可哀想な人」であったり、「刑事もの」であったりする。

学生はそのテーマをもとに、自由に発想し、書く。私は一行ずつ丁寧に読み、朱《アカ》を入れ、所感を書く。そして授業では合評会をやる。

月に一回とはいえ、私にとって負担は小さくない。ただ、学生が熱心であり、かつ面白い発想をするのが嬉しい。

　そんなある日、演歌を題材にした授業で、愕然とした。学生は誰一人として、都はるみさんの『北の宿から』を知らなかったのである。美空ひばりさんの『みだれ髪』を知らず、小林旭さんの『昔の名前で出ています』を知らなかった。

　中には気を遣って、

「聴けば思い出すかもしれませんけど……」

　と可愛いことを言う学生もいたが、五木ひろしさんの『よこはま・たそがれ』も北島三郎さんの『与作』も、誰一人として知らない。ひばりさんの『悲しい酒』と、石川さゆりさんの『津軽海峡・冬景色』は、何人かが、

「聴いたことがあるような気がする……」

　と、自信なさそうにつぶやいた。

　これらはいずれも、演歌の名曲である。私は勝手に「歌い継がれていく日本の名曲」と思い込んでいたのだが、どっこい、歌い継がれてなんぞいやしない。

　私は他の大学の学生や、友人知人の子供にも同じ質問をしてみたが、本当に知らない。むろん、若い世代であっても知っているばかりか歌える人だっているだろう。だが、それはマジョリティではないのではないか。

私は愕然としたものの、考えてみれば、知らなくて当たり前である。その理由のひとつとしては、今が平成二十三年だということだ。学生たちに質問した楽曲が世に出たのは、次の通りだ。

『悲しい酒』　昭和41年
『よこはま・たそがれ』　昭和46年
『昔の名前で出ています』　昭和50年
『北の宿から』　昭和50年
『津軽海峡・冬景色』　昭和52年
『与作』　昭和53年
『みだれ髪』　昭和62年

つまり、一番新しい曲でも24年前。学生たちは生まれていない。古い曲では45年もたっている。北島さんやひばりさんは、学生にとっては祖父母の年齢だろうし、五木さんやはるみさんより両親はずっと若いはずである。

とはいえ、昭和二十三年生まれの私たちなら、父母の時代の歌を知っている。東海林太郎さんの『赤城の子守唄』（昭和9年）も、岡晴夫さんの『憧れのハワイ航路』（昭和23年）も、菊池章子さんの『岸壁の母』（昭和29年）も、歌詞カードがあれば歌える。

これは、私たちが子供の頃は、ラジオからもテレビからも、こういう歌がいつも流れていたからだ。私たち自身はグループサウンズやビートルズに夢中であっても、親や祖父母世代の歌手の曲が日常的に流れているため、頭に入ってくる。

もしも今、あの頃のように、北島さんやはるみさんの曲が生活の中に流れていれば、子や孫たちも覚えるだろう。歌番組が激減したことを感じる。

また、もうひとつの理由は、若い世代の演歌離れだろう。学生たちにしても、父親世代より上であっても、井上陽水さんや矢沢永吉さんだとすぐにわかるし、父親世代の桑田佳祐さんの曲も当たり前に歌う。私は学生たちに、

「演歌に一切触れないのはもったいないことよ。歌詞だけでも読んでみなさい。石本美由起、星野哲郎、阿久悠をはじめ、一流作詞家の歌詞を読んでみて。発想から言葉の選び方から、圧倒されるわよ。たぶん、自分たち世代の作る歌詞に不足している何かが見えてくるかもしれない。シナリオを書いたり、映像の世界に進もうとする人に、無駄なことなんて何もないから、まずは読んでみて」

と言った。ふと見ると、学生たちはノートに「星野鉄男、市本みゆきを読む」などとメモしていた。ああ、平成二十三年だ。

だが、本当にいい楽曲というものは、時代の変化や世代の嗜好に一時は沈んでも、必ず浮

上し、何らかの形で確固として残るものだと思う。

それを実感したのが、年末の石井祥子さんのディナーショーだった。

石井さんはご存じの通り、日本を代表するシャンソン歌手だが、ディナーショーではたくさんのシャンソンナンバーと共に、『みだれ髪』をフランス語で歌った。これはもう、圧巻だった。私は呆然と聴き惚れた。演歌の名曲が、一級のシャンソンナンバーとして成立するのは、石井さんのシャンソンの力量に加えて、日本人の血なのかもしれない。こういう形で、もしかしたら世界レベルで歌い継がれることもあろう。

平成二十三年の今、昭和二十三年生まれの私は思っている。いいものは必ず残るにせよ、残そうと思うものに力を貸す世代になっているのではないかと。

箱根駅伝の襷

私は小学校一年生の時から四年間、箱根駅伝を「伴走」している。沿道で小旗を振って応援するのではなく、選手の隣を「伴走」していたのである。昭和31年から34年までのことだ。

私の叔父の嘉藤晋作が、日体大の選手として四年間、箱根駅伝を走ったのである。一年から三年までは八区で、平塚から戸塚。四年生の時は九区で、戸塚から鶴見だった。

当時は応援者への規制がゆるかった。親戚の者が巨大なアメ車を持っており、そこに私や幼稚園児の弟も含めて七、八人が乗り込む。たぶん定員オーバーだったと思うのだが、そんなこと知っちゃいない時代だ。

そしてあろうことか、力走する叔父の隣を走り、全員で絶叫する。

「晋作さーん、頑張れ！」

これはまだいい。だが、

「晋作ッ、後ろの選手が見えて来たぞッ。もっとピッチをあげろ！」

「この後、遊行寺で一気にスパートかけろッ」

と、平気で監督もどきの指示まで出していたのである。もっとも幼い私は、こんなセリフは覚えておらず、後で親戚の者に聞いたのだが、今なら考えられない応援だ。

それも、全員が車窓から身を外に出し、「新党大地」の鈴木宗男さんのような「箱乗り」。本物の監督が乗っているジープをよけながらも、叔父の前になり後になり隣になり、天下の箱根駅伝を何と贅沢に体感したことかと、今にして思う。

もっとも、叔父が言うには、当時は今のようには騒がれなかったそうだ。各大学の各選手の親兄弟にしても、わざわざ応援に来るような時代ではない。であればこそ、親戚が箱乗りするアメ車の伴走も許していたのかもしれない。

叔父の卒業と同時に、現地に行って応援することはなくなったが、やはり箱根駅伝には今も特別な思いがある。

レースの面白さはもちろんのことだが、こんなにもつらいスポーツに体を張る男たちを見るのが好きだ。チーム競技である以上、個人競技にはありえない重圧もあるだろう。それも今時の何不自由ない学生たちが、本当によくやっている。日本も捨てたものではないと思えてくるのだ。

今年、テレビ中継を見ていて、改めて気になったのが「襷《たすき》」という言葉だった。

駅伝は襷をつないで走るスポーツであり、その言葉自体はいつも耳にしていたが、今年は特に印象に残った。

選手は「襷の重みを感じている」、「何より襷をつなぐ責任」などと口にする。早稲田大の九区を走った八木勇樹選手は、

「襷に汗がいっぱいついていて、やらないといけないと思いました」

と答えている。

また、実況アナウンサーは、名門日本大学が八区の戸塚に19位で入った時、

「無事に襷がつながりましたッ。伝統のピンクの襷がつながりましたッ」

と言い、つなげた吉田貴大選手の安堵の笑顔が実に印象的だった。

なぜ、こんなにも襷をつなげることにこだわるのかと思う人もあろうが、何とも非情なルールがあるのだ。箱根駅伝の場合、トップを走る大学と二十分の差がついた時点で「繰り上げスタート」になる。つまり、二十分の差がついた瞬間に、前の走者がゴールするのを待たず、次の走者が走り出すのである。

当然ながら襷は前の走者がつけているわけであり、つながらない。次の走者は黄と白の縞柄の「繰り上げ襷」をかけて走り出すのである。一方、懸命に走って来た走者は、ゴールしても渡すべき次の走者がいないことを目のあたりにする。

日大の場合、八区のゴール時点で二十分の差がほぼ確実になり、第九走者は硬い表情で「繰り上げ襷」をいったんはかけた。が、頑張った吉田選手がギリギリで飛び込み、ピンクの襷がつながったのである。

その後、日大は九区でついに襷が切れた。次走者のいないゴールに入った選手は、ピンクの襷を手に持って泣き、他の選手たちの目もうるんでいた。

おそらく、選手たちにとって、「襷をつなぐ」ということは、今年一年だけの問題ではないのだと思う。それは、過去の伝統をずっとつなぐという意識なのではないか。各大学のスクールカラーで作った襷には、それがたとえ新品でも、創部以来の長い伝統や先輩たちの汗がしみ込んでいる。そういう意識のような気がする。それがつながらないとなると、「今年はダメだったけど、来年は頑張ろ！」というような、明るく軽い切り換えは難しい。

私は駅伝中継の終了後、叔父に電話をしてみた。

「選手の頃、何を支えに頑張れたの？」

叔父は答えた。

「襷をつなぐ責任感」

やっぱり。さらに続けた。

「とにかくチームのため、大学のため。自分なんてないよ。だけど、本当にそれが支えだったし、箱根は人生の宝だな」

　やっぱり。早稲田大五区の猪俣英希選手が、

「箱根は人生の宝です」

　とインタビューに答えていたのである。彼は東洋大の柏原竜二選手に抜かれて一人だけ二位でゴールしたせいか、優勝インタビューでも笑顔はなかった。そして、わずか21秒差で優勝を逃した東洋大にもまったく笑顔はなかった。「闘う」という意味において、一位と二位の差はかくも大きい。

「二位じゃダメなんですか？」

　と、軽やかに言い放った仕分け人の無知な傲慢を思い出した。彼女なら、

「襷はつながらなきゃダメなんですか？」

　と言うだろう。

名文珍文年賀状

今年も、私が頂いた「名文珍文年賀状」をご紹介します。笑えます。

☆知人（女）
「手術して二年ですね。今年もどうにか元気であられますよう」

速達で訂正ハガキが来た。

「どうにかではなく、どうかの書き間違いです」

☆大学教授（男）
「昨年は年賀状を頂き、ありがとうございました」

お礼を一年後の賀状に書いて来た人は初めてです。

☆男友達

「痛風で止められていた魚卵も、正月三ケ日は解禁という事でイクラ醬油漬、タラコ粕漬、カズノコ、カラスミ等食べつくしています。楽しいな、卵卵卵《ランランラン》！」

何が「卵卵卵《ランランラン》」だ。彼は食べることしか能がないのだが、私にはそういう男友達がもう一人いたのだった。次の一枚。

☆男友達
「体調と体重を気にしていては、美味しいものは食べられません！　命をかけて今年も食べましょう」

ヤレヤレ……。

☆テレビ局プロデューサー（男）
「メタボ腹を考え、今年は断酒を決めました」

彼は間違って二通くれて二通目は次の通り。

「今年もガンガン飲みましょう。近々、誘います」

どっちが本当なんだ、どっちがッ。

☆編集者（男）
「選考委員をお願いしたエッセーコンテスト、続々と作品が集まっています」

が、彼の上司からの賀状には次のようにあった。

「コンテストの作品、ボチボチ届いています」

どっちが本当なんだ、どっちがッ。

☆料理店店主（男）
「手術後、すっかりお元気なようですね。私も二回切腹、人間もミミズみたいに切り刻んでも生きられるものですね」

こういう賀状は、全国のミミズ人間に力を与える。座布団一枚！

☆芸能事務所社長（女）
「盛岡文士劇を拝見し、内館様が演じた幽霊役はもう圧倒的でした。とてもすてきでした。女優デビューも絶対ありですね！」

どうだ、者ども！　私の魅力がわかったか。目の肥えた芸能事務所社長が感嘆しているのだ！　今年は女優デビュー、考えるわ。

☆女友達

「文士劇、みんな下手でそれが心を安らがせるのね」

女優デビュー、やめるわ。

☆某大学格闘技コーチ（男）

「格闘教育、頑張ります。押忍」

年賀状に「押忍」なんてしびれた。すてき！

☆編集者（男）

彼と私はヘボ俳句のライバル。その彼の賀状に、

「青空にきず一つなし　玉の春」

とあった。何よ、急にうまくなって。何なの！　と焦ったら、小さく「一茶」と書かれていた。押忍。

☆高校の同級生（女）
「謹賀新年　宇宙誕生137億年　地球45・5億年　人類わずか……。私たちはほんの60年余よ！」

137億歳と比べて元気出そうと思う人がいたら、ホントめでたい。

☆女友達
どっしりと大きなニンニクを彫った版画の賀状が届いた。私が「あのニンニク、見ているだけで力が湧くわ」と返事を出したら、すぐに電話が来た。

「ニンニクじゃなくて、富士山よッ」

☆女友達
彼女は38歳の時、15歳年下の恋人と結婚。25年が過ぎた今、登山の写真年賀状が届いた。さすがに夫は若い。すると電話が来た。

「あれ息子よ」

「あらァ！　旦那はどこ？」

「ああ、右下のとこにうずくまってるでしょ。グレーのヤッケ着て」

私は石かと思っていたら旦那だったのだ。彼女は、「すぐ疲れてしゃがむの。ジイサンに石と保護色のヤッケ着せちゃダメよね」と笑った。ああ、年齢差を克服して成就した恋、どうなったんだ……。

☆非常に多くの方々

友人知人、読者、視聴者、男女を問わず、次の一文。

「いつも週刊文春の連載エッセーを拝読してます」

あのォ、週刊朝日なんですけど。さらに何通かは、

「あなたの文が読みたくて、週刊文春買ってます」

だと。すみませんが、週刊朝日を買って下さい。


それにしても、今年、私が出した年賀状はみんなのド胆を抜いたようだ。プロレスラーの曙太郎と浜亮太と三人で撮った写真年賀状。私はプロレス大賞の選考委員なのだが、二人は最優秀タッグチーム賞を受賞。巨体を生かした迫力のレスラーだ。曙は身長203センチ、体重210キロ、浜は176センチ、205キロ。二人の間で嬉しそうな私の写真を見て、

☆元大学教授（男）

「小さく細い内館さんが可愛らしく見え、びっくりしました」

女友達は電話で、

「あなたが楚々として可愛くてびっくりよ」

男友達は電話で、

「イヤァ、あなたが可憐に見えてびっくりした」

ほめるのはいいけど、なんでみんな「びっくりした」なの？　普段はそうじゃないってこと？　ムカつく。

さあ、今年も「最小ムカつき人生」を楽しみます。

大学入試の失敗

大学入試の時期が近づいて来た。センター試験はすでに終わり、受験生には正念場だ。

一年前の『秋田魁新報』（平成二十二年一月九日付）に、作家で内科医の南木《なぎ》佳士《けいし》さんが大学入試にまつわるエッセイを書かれており、それがあまりに私の思いと重なって、切りとってある。

南木さんは芥川賞作家であるが、医学部出身で、次のように書かれている。

「40年前、国立大学の入学試験は一期校と二期校に分けて実施されていた。その名のとおり最初に入試が行われる一期校には東京大学をはじめとする旧帝国大学や千葉大学などの旧医科大学が連なり、戦前の専門学校や師範学校が戦後になって大学に昇格したいわゆる駅弁大学の多くは二期校に分類されていた」

私は南木さんと同時代を生きているので、よくわかるのだが、当時は「一期校」と「二期校」の差は非常に大きかった。南木さんは次のように続けている。

「浪人の秋の予備校の進路指導で合格確実とされた大学は一期校だった。そのときの過信が妙な余裕を生み、浮ついて臨んだ一期校の試験に落ち、東北の二期校に新設された医学部に受かった。

東京からの都落ちは自意識過剰な若造の根性を強く曲げた」

あの頃、国立一期校の医学部に合格確実とされたということは、大変な秀才である。

しかし、落ちた。

東京から他県の二期校に進むことを、当時は「都落ち」と言った。同じく他県でも、北大や東北大や九大など一期校だと「都落ち」と言わなかった覚えがある。

そうもハッキリと分けて平然としていた社会も恐ろしいが、南木さんの根性がどれほど曲がったか、それは考えるだに恐ろしい。何しろ、エッセイの冒頭に、

「大学入試にまつわる不快な記憶が消えたのは、厄年の前にパニック障害やうつ病を患い、死なないでいるだけで精一杯の底つき体験を経たあたりからだ」

とあるので、四十代入口あたりまで引っぱっていたのではないだろうか。

実はこれ、私にピタリと重なるのである。私も大学入試に失敗し、恐ろしいまでに根性が曲がった。「大学入試にまつわる不快な記憶が消えたのは」、やはり四十歳で脚本家デビューした頃だ。やっと自分を必要としてくれる場と出会ったことで、南木さんも書かれている通

り、「入試の失敗の苦い思い出なんてどうでもよくなってしまったのだ」。

私は難関私大の文学部が第一志望だった。美術史をやりたいと思い、その私大以外はまったく目に入らず、一直線。ガリ勉の鬼だった。

当時、その私大の文学部は40倍近い倍率だったが、何が何でも絶対に入るという執念は、ほとんど夜叉。あそこまでの執念は、現在に至るまで一度も燃やしたことがない。婚活も就活も何もかも、あれに比べれば全然本気でない。

模擬試験では常に「合格確実」が出ていたが、私は過信も余裕もかまさず、慎み深く受験に臨んだ。

しかし、落ちた。

この衝撃は二十年以上も引きずる大きさだったのである。発表を見て帰宅した時、母に、

「私は稽古場大関よね」

と言ったことを、よく覚えている。これは相撲用語で、稽古の時にだけ大関の力を出し、本場所では勝てない力士を言う。あの衝撃のさなかにあっても、咄嗟に相撲用語が口をつくのも恐ろしい。

私は第二志望の美大に入った。美大という特殊な大学であれば、自分の中で第一志望校と比べないからという動機で併願した。他大学の文学部で美術史を学んでは、ずっと比べ続け

てみじめになると思ったのだ。

が、美大はあまりに個性的な学生が多く、自由な発想と鮮やかな自己表現、そして自我の強さに圧倒された。群れないし、独立心は強いし、恐いもの知らずが多く、私には別世界の輝きを放つ大学だった。私自身はガリ勉で体制派の凡庸な学生であり、美大になじめない。

今では美大が私自身をどれほど豊かにしてくれたか実感しているが、当時は「ここは私の居場所じゃない」と暗かった。

読者の中にはきっと、「大学だけが人生ではない」とか「大学で人間の幸せは決まらない」とか言う人の方が多いと思う。南木さんや私が特殊だとあきれる人が多いのではないか。

だが、おそらくそうではない。二十年以上引っぱる人も少なくはないはずだ。ただ、そんなめめしさはカッコ悪いし、口に出さないだけだという気がする。高校時代の同期生と会うと、還暦を越えた今も、

「あいつ、俺よりできなかったのに合格して、俺が落ちたんだよ」

などという話が出る。

今年、入試に失敗した子供や学生に会ったら、「大学だけが人生ではない」などとつまらない正論は吐かないことだ。そんな言葉で立ち上がれるくらいなら、もともとさほどのショックではないのだ。

南木さんは書いている。

「芥川賞候補になっては落選し続けた期間、入試のときに味わった悲哀に比べたら屁でもないな、と耐えられた」

これも私とまったく同じだ。私は還暦を過ぎた今でも、ふとそう思って耐えられたりする。失敗は意外と役に立つ。

ただ、今だからわかることで、十八歳には通用するまい。入試に失敗して落ち込んでいる学生には、何も言わないことが一番いい。必ず勝手に立ち直るものだ。たとえ二十年かかっても。

美術館一人歩き

一人で美術館に行くのはとてもいいものだ。

私は先日、岩手県盛岡市の「深沢紅子《こうこ》 野の花美術館」に立ち寄ってみた。盛岡の中心部を流れる中津川沿いの小径に建ち、蔵をイメージした白壁が美しい小さな美術館だ。

深沢紅子は明治36年（一九〇三）に、盛岡市で生まれた。その頃、中津川のほとりは「野の花」の宝庫であり、忘れな草は絨毯《じゅうたん》のように一面をおおっていたという。れんげ、月見草、からすうり、水仙等々、四季の花の中で紅子は育った。

そんな野の花を描いた水彩画二〇〇点、油彩画15点が深沢家から盛岡市に寄贈されたのを契機に、全国の紅子ファンの設立運動によって、平成八年、故郷に開館した。

私が紅子に関心を持ったきっかけは、彼女の父親の在り方だった。

父の四戸《しのへ》慈文《じもん》は、洋服の仕立屋で、現在の盛岡城跡近くの五軒長屋に、妻と一人娘の紅子と住んでいた。

紅子は幼い頃から絵が好きで、父親はその画才を早くから見抜いていたのだろう。積極的に絵を見せて回ったという。紅子の手を引いて展覧会に連れて行き、彼女のためになることは何でもさせた。これは明治時代の話である。「女に学問はいらない」という時代であり、まして娘に絵を学ばせるなどということを、普通の親は考えまい。今なら女性が医師になることも、弁護士になることもできる。また画家、作家、俳優、音楽家、何にでもなれる。だが、一〇〇年前のあの頃は、女は子守と洗濯とあらゆる労働を、口ごたえせずになすことを求められていた時代だ。

そういう時代の中では、父親がたとえ一人娘の画才を見抜いたとしても、「女は奉公に行け」と、おしんのようにされることも当たり前だったろう。しかし、父親は娘を奉公に出すどころか東京に出し、現在の女子美術大学に入れたのである。

この父親の在り方には圧倒される。今ならば、多くのジャンルで才能を花開かせたであろう女たちが、手にあかぎれを作って奉公と「産む機械」で生涯を終えた時代にあって、娘を雪深い岩手から上京させ、美術大学に入れた。紅子はヨーロッパも旅し、ゴッホをはじめ、多くの洋画をナマで見ている。

「野の花美術館」で、紅子の描く水彩に接すると、そこにはたおやかな日本画の香りがある。そして、油絵は力強い意志と自我が感じられる。女子美で日本画と洋画を学び、あの岡田三郎助に師事し、ヨーロッパで本物を見た紅子であればこそだ。そして、こういう紅子を作ったのは仕立屋であった父親だと、私は思っている。

実際、紅子はその著作の中で父に触れている。

「学歴もなく、いつも経済的に恵まれなかった父が、生涯どうしてあの心ゆたかさと新しさを持ち得たかと言うことを、不思議とさえ思うことがあります」

親が子の将来にどう関与するか、改めて難しい問題だと思わされる。

親は子に苦労をさせたくないがために、一流の学歴をつけさせ、安定した仕事を選ばせようとする。

その態度は、子にしてみれば「親の見栄だ」と思うかもしれないが、根本は「親の愛情」だと思う。親にしてみれば、我が子に画家や詩人や作家や音楽家や俳優等々、なれるかどうかさえ不明な職業を目指させたくないのは当然だ。

だが、子が好きなことや、進みたがる道というのは、もしかしたら、子自身が天から何がしかの才を与えられていればこそかもしれない。となると、その才にふたをするのではなく、紅子の父のように才が花開くように力を貸すことが、親の愛情ともいえる。だが、いくら力を貸しても、子は花開かずに、貧しく苦しむ日々を重ねる確率は高い。いいのか、それで。難しい。

ただ、私は紅子の父親なら、そんな事態になっても娘と共に新しい生き方を模索する強さがあったのではないかと思う。

見終わった後、ラウンジでコーヒーを飲んだ。これがおいしい。大きな窓から雪の中津川を眺めながらの一服。売店で買った絵ハガキや便せんを広げ、誰にどれを出そうかと考える。ちらつき始めた雪を見上げ、至福の一時である。

ところが、こういう私立の美術館を維持するのは大変な苦労があると聞く。

私は25年ほど前に、今は休刊になった月刊誌に美術館紀行を連載していた。全国の個性的な美術館を毎月訪ね、それは三十六回続いた。有名な大美術館もあれば、町角の小さな美術館もあったが、あの時、「日本にはこんなにも個性的な、こんなにもゆっくりできる美術館が、こんなにもたくさんあるのか」と驚いた。

しかし、10年後にそれを『失恋美術館』（角川文庫）としてまとめる際には、すでに何か所もつぶれていた。

この日、「野の花美術館」の石田紘子館長とたまたまお話しできたのだが、

「維持し、かつ活気づけていくのは、どこも大変だと思います。でも幸せなことに、盛岡は市民の文化意識がとても高い町なんです。ですから、ものすごく助かっています」

紅子の幼少期のようにしようと、市民が川辺に忘れな草を植えたという新聞記事も貼って

あった。

私が連載で訪ねた奥多摩の「玉堂美術館」、金沢の「能美市九谷焼資料館」、諏訪の「北澤美術館」、東京の「弥生美術館」、大津の「大津絵美術館」、伊豆の「長八美術館」等々、自分を豊かにしてくれる美術館は全国にある。一人で歩いてみるのは悪くない。

八百長は「偽装事件」だ

大相撲春場所の中止が決定された。状況によっては五月の夏場所以降の開催も不透明で、今年の地方巡業はすべて中止が決まった。「八百長発覚、認定事件」の重さを考えると、当然の決定である。本来、「事件」という言葉は立件された出来事に使うものだと聞く。

八百長は、いわば「偽装事件」である。真剣勝負をうたって客からお金を取りながら、実は八百長だったとなれば、それは「国産」をうたって販売していた牛肉が「中国産」だったり、「耐震施工」をうたって販売したマンションが手抜き工事だったりと違わない。偽装業者が起訴され、どれほどの社会的制裁を受けたかを思うと、放駒理事長の「うみを出し切るまで土俵で相撲はお見せできない」という決意、決断はまっとうである。そこには財政面の困窮や客離れの懸念、罪のない多くの力士のモチベーション低下、公益法人認可問題まで、不安材料が多々あってもだ。

連日の報道の中で、「八百長は昔からあっただろうし、それをも楽しめばいい。それも相撲だ」というようなコメントをする方々もいた。

だが、「八百長」はならぬ。何よりも、これまで協会は「八百長は一切ない」と言い切ってきた。今回の事件の会見でさえ、放駒理事長は「過去には一切なく、新たに出たこと」と答えている。つまり、協会は八百長を「悪」として、「違法」として認識していた。なのに、それをなしたという偽装は許されないし、楽しむものでもない。段ボールも一緒にミンチしたと噂される中国産食肉や、いつ倒れるかわからないマンションで「偽装も楽しめ」というコメントはありえない。

それにしても、なぜ八百長が起きていたのか。ずっと以前から、八百長疑惑はくすぶり続け、内部告発や裁判や、その騒動は枚挙にいとまがない。

八百長の理由として、「十両と幕下の待遇の格差」を挙げる人が少なくない。

今回の事件で、相撲に関心のない人でも、その格差を知ったと思うが、本当に十両と幕下の差はとてつもない。幕下は給料もなく、待遇面では十両とは比較にならない。「番付一枚違えば虫ケラ同然」という言葉の通りだ。

であればこそ、今回の疑惑力士は十両が多かったという意見だ。いわば「八百長互助会」に加わって、「幕下に落ちないよう、白星を回し合おう」としたのではないかと言う。

それも一因ではあろう。かつては「十両になれば人間扱いされるんだ。くやしかったら稽古して強くなれ」と叱咤されて力士は頑張り、出世をめざした。今はそんなことは通用せず、合理的な互助に走る時代なのかもしれず、もっともらしい意見だ。

ただ、圧倒的多くの力士は真面目にやっているのである。かつ、他のプロスポーツ選手に比べ、幕下以下の待遇が格段に悪いとは思えない。彼らは衣食住が保障され、アパート代も光熱費も食費もいらない。給料はないが、師匠や後援者から小遣いが出たり、協会からは年間90万円の手当が出る。健康保険などの福利厚生もしっかりしており、NHK学園と結んで高卒の資格も取れる。付け人やチャンコ番は他のスポーツでもあることだし、部屋住みでプライバシーがないと言っても、他のプロスポーツでも合宿所住まいはある。その上、幕下クラスのプロボクサーならば、アルバイトで生計を立て、ファイトマネーは入場券でもらう場合もある。入場券を友達に売らないとお金にならない。が、強くなればスターになれる。「くやしかったら強くなれ」は、どんなプロスポーツにもあるのではないか。

かつて、知りあいの若いプロボクサーが、試合前の減量できつそうだった。彼も相撲で言えば幕下である。水さえセーブし、早朝からロードワーク、そしてバイト、ジムワークである。そんな中で、彼は人なつこい笑顔で私に言った。

「俺、試合が終わったらコンビニの端から端まで買って食うんだ」

この言葉はしみた。試合が終わったら「レストラン」でも「寿司屋のカウンター」でもなく、「コンビニ」である。彼ら若いボクサーの生活の一端を見る気がした。と同時に、力士は何と恵まれているのかと思ったものである。

ボクサーであれ、力士であれ、どんなプロスポーツ選手であれ、「下っ端」の時代はこうであり、そこで必死にやってのしあがっていくのである。

格差が八百長の一因としてあるにせよ、私は最大の原因は個々の人間の問題だと考える。それは「ラクな方に流されやすい」とか「頼まれたら断れない」とか「自分の将来を危ぶむ」とか、さまざまなキャラクターも含めての人間性だ。

そんな彼らの人間性を鍛え、強くすることは、本来は師匠がやる。しかし、たび重なる朝青龍の狼藉《ろうぜき》により、師匠がほとんど機能していないケースも明白になった。ならば、協会がやらねばならなかったし、横綱審議委員会でも「まずは師匠教育」として具体策も毎回のように提示された。しかし、協会は動かなかった。

幹部の一人の答えを、私は今も驚きをもって覚えている。

「師匠という一国一城の主《あるじ》を、呼び集めて教育するのは難しい」

これは通らない。

放駒理事長が能力も人格も傑出していることは、相撲関係者の誰もが認めるところだ。すでに迅速で強いリーダーシップを発揮している今、この事件がプラスに転じるほどに、徹底的に解明してほしい。

店仕舞いの準備

私の女友達の中に、何かというと、

「もう生活を縮小して、畳む準備を考える年代だから」

と言う人がいる。彼女は私と同年代であり、最初にこの言葉を聞いた時は、ぶったまげた。「たまげる」という言葉は、「魂消る」と書くそうだが、本当に「魂」が「消」えるほど驚いた。私は同年代なのに、生活を縮小することも、畳んでいくことも、発想にさえなかったからだ。


だが、ふと気がつくと、それに近いことを言う人は少なくないと知り、ぶったまげ続けた。

たとえば、まだ四十代の作家が、

「いつまで書けるかわからないし」

とインタビューで答えているのを読んだ時も、魂が消えた。また、六十代に入ったばかりの人たちが、

「残り時間を逆算するようになった」

「残された人生で何をなすか、考えている」

「私にはもう時間があまりない」

などと言うのを聞いた時もだ。

だが、この手の言葉があまりにも多いため、さすがの私も「そうか、これがノーマルなのね」と思い始めた。というのも、彼らはこの手の言葉をごく自然に口にしており、そこに暗さも諦めも感じられないからだ。ごく当たり前に、「残り時間を計算して思い残すことなく生きたいよね」という自然さなのだ。

するとある夜、別の女友達から電話があった。彼女も私と同年代、「アラウンド還暦」の「アラ還」。すべて書いていいと言うので書くが、彼女と数人の女たちが都心のレストランで新年会をやったそうだ。その中のA子さんについて、

「見た目がもう、ひどいのよ。最悪、最低」

と言う。

「化粧っ気はゼロ。顔の毛穴は開きまくって、眉はゲジゲジ。白髪頭をボサボサにふり乱して。これから息子に背負われて姥捨《うばす》て山に行くのかと思ったわよ」

状況描写のうまさに吹き出したら、怒られた。

「笑いごとじゃないわッ。一応、都心の一流レストランで新年会よ。なのに毛玉がいっぱいのセーターにゴム入りのゾロリとしたフリースのスカートよ。それにアナタ、リュックサックしょって来たの」

「山の帰り？」

「バカ言ってんじゃないわよッ」

　また怒られた。

「リュックの外側に網のポケットがついていて、そこにペットボトル入れてんのよ。靴はヨレヨレのビニール製で、縞柄のソックス履《は》いてたんだから。それでアナタ、顔の半分が隠れるくらいのマスクして来たの」

「風邪？」

「寒いからだって」

　もう怒る気力もないようだった。

　そのリュックの彼女、昔はいつも化粧をしていて、ダイエットに励み、洋服やアクセサリーにも気を遣い、第一線で仕事をし、大変な美人だったという。私が、

「どうして、そんな姥捨て山風味になったの？」

と聞くと、女友達はうんざりしたように言った。

「集ったメンバーの一人がね、とうとう言ったの。『あなた、見た目がずい分変わったけど、何かあったの？』って」

するとと、姥捨て山風味はケロッと、

「もう定年になって、田舎に引っ込んじゃったしサァ、人とも会わないし、今さら服買ったところで、もう先行き短いし」

と言ったそうだ。そして、

「もう私、がんばらないで小さく暮らすの。もう先も見えてきたし、ナチュラルが一番よ」

と言ったという。するとメンバーの別の一人が、

「あなたねえ、そういうのをナチュラルって言わないの。だらしないって言うの。先行き短いなら、なおさら、もう少し自分に手をかけなさいよ」

と正面切って怒ったそうだ。すると、姥捨て山風味は何と答えたか。

「どうぞご心配なく」

だと。

そして、ペットボトルの見えるリュックを背負うと、

「田舎に帰って行ったわよ。そこは彼女の故郷なんだけど、田舎じゃないのよ」

と、女友達は電話の向こうで嘆いた。その地名は東京近郊の町で、まったく田舎ではない。

ただ、定年後はその故郷に帰り、色んなことに気を遣わずに、やりたいように「ナチュラル」な生活を選択したということだろう。それは他人がとやかく言うことではない。

人生八十年のアラ還、残すところ二十年を切れば、「縮小と畳む準備」は、まっとうと言えるし、そういう考え方が自分にピッタリくる人がいて当然だ。だが、ピッタリこない人がいるのも、また当然だ。私は個人的には「縮小と畳む準備」はまったく性に合わない。私の場合、逆算して店仕舞いに備えるのは、生きる力をそがれる気がする。

かつて、五十代で大学院を終えた私は『養老院より大学院』（講談社）という本を出した。その時、編集者が帯につけた文章が、

「老いの準備の前に、人生の忘れ物、見つけませんか？」

だった。

ぶったまげた。私は大学院で土俵に関する研究をして、修了後は相撲協会のために一働きしようと考えていたのだ。だが、五十代で大学院に入ることは、一般的には「老いの準備」とか「人生の忘れ物探し」に見えるのかと啞然とした。

どうにもこの文章は居ごこちが悪く、文庫化の時は自分で次のように書き直した。

「大学院生活は、知的冒険活劇ロマン！」

つまらない結論だが、誰しも自分の「ナチュラル」がいい。「ご心配なく」である。

ばかにされて

親の国籍のことでからかわれたり、いじめられたりした女子中学生（12）が、相手の同級生をナイフで切りつける事件が起きた。

同様のいじめがもとで、昨年10月に女子小学生（当時12）が自殺した事件は、記憶に新しい。その少女は、フィリピン国籍の母親の容姿などをからかわれ、クラスで村八分が続き、とうとう自ら命を絶った。

今回の切りつけ事件は、小田原市の市立中学で起きたのだが、報道によると、少女の父親は韓国籍だった。

読売新聞（一月二十八日付）にはその女子中学生が切りつけたことについて、次のように書かれている。

「『サッカーのアジア杯日韓戦の翌朝で、父親が韓国籍であることをなじられた。脅せばいじめがなくなると思い、ナイフを持っていた』と話しているという」

また、同日付の産経新聞によると、女子中学生は、

「『ばかにされて腹が立った』と話しているという」

とあり、さらに、

「『日頃から（被害生徒に）からかわれていた』などと話しているという」

と書かれている。

3か月前の同じ12歳の少女の自殺を、まったく学習していない事件である。事件の際には必ず「このようなことが二度と起きないようにする」という談話が出るが、それは全国すべての学校や家庭にあてはまる決意であろうに、「このようなこと」がわずか3か月ほどで起きた事実を、今度こそ重くとらえる必要がある。

私は昨年10月に12歳の少女が自殺した時、このページに、いじめの定義は、

「その人のプライドを砕くこと」

だと書いた。

だが、書いた後で、小中学生たちはきっと、

「俺、自分にプライドって別にない」

「アタシ、プライド持つほど立派な人間じゃないから、プライドない」

「俺らみたくフツーの人間にはプライドとかってないんじゃないスか」

と言いそうだなと思った。

だが、自殺したり切りつけたりした12歳は、母や父のことをからかわれ、ばかにされ、事件を起こした。それは彼女たちのプライドが傷つけられたからではないのか。

私は学校のホームルームや授業の一環として、

「自分にとって大切なもの――これだけは他人がばかにしたら許せない――」

というテーマで作文を書かせることを考えてみたらどうかと思う。その際、教師が前もって、

「大切なもの、他人にとやかく言われたくないものって、たとえば努力してやっと手にした部活のレギュラーポジションっていう人もいるだろうし、家族やペットや、もしかしたら寝たきりのお祖父ちゃんなんていう人もいるかもしれないね。元気な時にこんなことをしてくれて、それが今の自分を作っているとかね。他人から見たら『えー、何でそんなもん』って思えても、自分が大切なもの、誇りに思ってるもの、守りたいもの、自信があるもの、絶対にばかにされたくないものって、個人によって全然違うから。自由に書いて」

と気軽に補足しておくと、生徒の視野が広がるかもしれない。

そして、この作文をもとに、クラスで話し合う。中にはオープンにされたくない生徒もいるだろう。教師は前もって、

「原則としてオープンだよ。でも、どうしてもオープンにされたくない人は、そう書いておいて。心配しないで本音出して」

と言う手もある。

作文のテーマとしては、

「ばかにされて許せなかったこと」

という角度でもいいかもしれない。

個々人が「絶対にばかにされたくないもの」や「ばかにされたら許せないもの」というのは、その個々人のプライドに接しているように思うのである。プライドは立派な人間だけが持っているものではない。「フツーの人間」も当たり前に持っているものだと思う。

12歳少女の自殺と切りつけは、共に「外国籍の親をばかにされた」ことが原因だったが、たとえば必死に努力してやっとバスケットボールのレギュラーポジションを手にしたのに、他の部員たちに、

「お前なんかチビだし、すぐ新入生に奪われるよ。無駄な努力をよくやりました。えらいッ、チビ！」

と言われ続けたとする。

また、親が懸命に働いていても経済状態や住環境などがよくない場合、

「だからアンタ、臭くて汚いのよ。そばに寄らないで。親も保護者会で見たら、キモかったア！」

と、みんなでキャアキャア笑われたとする。

これらは自殺や切りつけに行きつきうる。

教師は他人が冒瀆《ぼうとく》してはならないことや侮辱してはならないことを、作文をもとに丁寧に繰り返して教えるしかない。当然、家庭でも躾《しつけ》の一環としてやるべきだ。今回の切りつけ事件をとりあげて、母親が子供に、

「ねぇ、お母さんは太ってて、××チャンのママみたいにきれいじゃないから、アナタいじめられてない？　お母さんのことばかにされて、ムカついてない？」

とでも聞き、そこから個々人の大切なもの、冒瀆してはならないものなどを教えるのは、比較的やりやすいように思う。

大人の世界でも、職業や生き方、信仰や家族、故郷などを侮辱されては、プライドにかかわりそうだ。

昨年末に亡くなった脚本家で日本脚本家連盟の理事でもあった寺島アキ子さんは、脚本家のプライドを守ることに全力を挙げられた。それによって、脚本家の立場がどれほど変わったかわからない。

第二ステージ

先日、ニッポン放送の『高嶋ひでたけのあさラジ！』に出演した。その時、高嶋さんがおっしゃった。

「今年、職場を卒業し、第二ステージに立とうとする方々に、メッセージを」

それはたぶん、私より二つか三つ年下の方々だ。私は咄嗟に答えていた。

「自分はもう、第一ステージの人間ではないんだということを、認識して生きる方がいいと思います。まだ自分は第一ステージで通用する人間だとか、若い者には負けないとかアピールしても、社会はなかなかそうは見てくれません。そうすると、すがったり、媚《こ》びたりすることにもなります。第二ステージの人間なんだと割り切った方が、本人が楽だと思うんです」

一言一句は定かでないが、こう言った。

その後、ニッポン放送からの帰り道、ふと気づいた。「さっきの私の答えは、ちょっと伝わりにくいだろうなァ」と。

私はこのページにも、「自分は人生の店仕舞いの準備に懸命になるタイプではない」と書いたばかりであり、「80代でも90代でも現役でバリバリやっている人は、多くのジャンルにいる」と書いた。ラジオで語ったことと違うように思う人もいらっしゃるだろう。

実は違わない。私は「第二ステージで、幾つになってもバリバリやる生き方」をしたい。だが、その際も「自分は今、第二ステージにいる。自分を第一ステージの現役と同じに考えてはならぬ」という意識を持つ方がいいのではないかということなのだ。

生きていれば、世代交代は必ずある。能力も体力も「若い者には負けない」と自負していても、社会は卒業生と在校生を同等に扱わないのが普通だろう。そういう中で、「自分は卒業生だが、在校生以上の力がある！　俺をもっと使ってくれ！」と燃えるように思うと、本人が大変ではないか。思いの通りにいかない現実にぶち当たるばかりだからである。

ならばいっそ、「自分は第二ステージの人間。次世代にバトンを渡した年齢。だから望まれれば幾らでも力を提供するけど、第一ステージ並みの扱いは期待していないよ」というスタンスを保つ。それが、結局は本人を卑屈にしないと思う。

かつて、30代の男性会社員が私に言った。

「今日、会社の所属部のＯＢ会があるんですけど、うんざりですよ。老ＯＢの挨拶が長いんですよねえ。この間なんか、乾盃のグラス持ったまま40分ですよ、40分。ビールが生ぬるくなった上に、宴会場の超過料金とられちゃって」

「乾盃の前に40分も何を話すの？　自慢話？」

「当たり！　そればっか」

「あれは僕が部長の時に実現させたとか、僕が社長にかけあってねとか」

「それです。あと、若い君らは愛社精神に欠ける。僕らの頃は……とか。中には色んな案件について、僕が部長ならこうするとかって、幾つも具体案を出したりするんですよ」

「え？　乾盃の前に？」

「そうですよ。『では乾盃の前に一言』って言った後で。自分で『いいこと言ってるからメモして』とか冗談っぽく言ったりして。でも誰も笑いません」

そして、彼は心底うんざりしたように時計を見た。

「俺、OB会の幹事だからもう行かないと。でも、幹事の方がいいんです。受付かどっかにいられるから。立食会でOBにつかまったらアウトっすよ」

私のOL時代にも、そういうことはあった。私たちもOBやOGにつかまらないように必死だったが、今になるとわかる。彼ら彼女らは、自分が一番輝いていた時代、自分が一番社会に必要とされていた時代を語りたいのだ。そんな自慢話をしている時だけ、あの頃に戻れ

女って、最高！ 幻冬舎文庫の女性作家フェア

最新刊

2018.02

すべて本体価格です。

卵を買いに

小川 糸

ラトビアに、恋してしまいました。

素朴だけれど洗練された食卓、代々受け継がれる色鮮やかなミトン、森と湖に囲まれて暮らす謙虚で明るい人々……。ラトビアという小さな国が教えてくれた、生きるために本当に大切なもの。

オリジナル

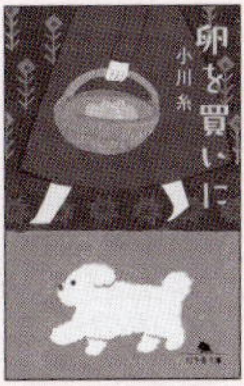

540円

アルテーミスの采配

真梨幸子

あなたの人生、狂ったのは誰のせい？

出版社で働く倉本渚は、AV女優連続不審死事件の容疑者が遺したルポ「アルテーミスの采配」を手にする。原稿には罠が張り巡らされていて――。無数の罠が読者を襲う怒濤の一気読みミステリ。

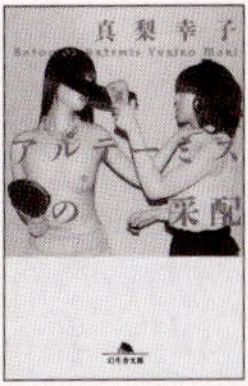

690円

僕の姉ちゃん

益田ミリ

恋と人生の本音満載、共感度120％の漫画。

みんなの味方、ベテランOL姉ちゃんが、新米サラリーマンの弟を前に繰り広げるぶっちゃけトークは恋と人生の本音満載、共感度120％。雑誌「an・an」の人気連載漫画、待望の文庫化。

460円

まっすぐ前　そして遠くにあるもの
銀色夏生

「今日は何かひとつ、初めてのことをしてみよう」「夢のように見えていた　けれどもどれも夢じゃなかった」「今日の中の　よかったことを覚えておこう」一年をめぐる写真と言葉の記録。ことばは静かに降りつもる。

600円

すぐそこのたからもの
よしもとばなな

家事に育児、執筆、五匹の動物の世話でてんてこ舞いの日々。シッターさんに愛を告白したり、深夜に曲をプレゼントしてくれたりする愛息とのかけがえのない蜜月を凝縮した育児エッセイ。

460円

4 Unique Girls
人生の主役になるための63のルール
山田詠美

押し付けられて来た調和を少しだけ乱してみたい、と胸をわくわくさせているユニークガール志願者へ、幾多の恋愛を描いてきた詠美さんからの愛ある

500円

40歳になったことだし
森下えみこ

40歳、独身、ひとり暮らし。以前より焦らなくなってきた気がする今日この頃。そんなある日、ふとした思いつきで東京に住むことに――。マイペースに人生を歩む様を描いた傑作エッセイ漫画。

500円

タカラヅカが好きすぎて。
細川貂々

突然、宝塚歌劇に恋をしてしまった！　それから毎日は大忙し。観劇、地方遠征、情報収集……。タカラヅカで人生がすっかり変わった女子の生態とは？　好きなものがあるって素晴らしい。

540円

30と40のあいだ
瀧波ユカリ

「どうにかこうにか、キラキラしたい」アラサー時代に書いた自意識と美意識と自己愛にまつわるあれこれに、「目標は現状維持」のアラフォーの今の気持ちを添えて見えて

580円

女盛りは心配盛り　内館牧子

いつからこんな幼稚な社会になってしまったのか？　内館節全開で、愛情たっぷりに〝悩ましい大人たち〟を叱る。時に痛快、時に胸に沁みる、《男盛り》《女盛り》を豊かにする人生の指南書。

オリジナル

600円

それでも猫は出かけていく　ハルノ宵子

いつでも猫が自由に出入りできるよう開放され、常時十数匹が出入りする吉本家。そこに集う猫と人の、しなやかでしたたかな交流を描く、笑って沁みる、名猫エッセイ。

540円

恋が生まれるご飯のために　はあちゅう

大人のデートとは、ほぼご飯を食べること。オーダーの仕方。ご馳走様の回数。かわいくおごられる方法。体の関係を持つタイミング……。食事デートの新バイブル。

540円

いびつな夜に　加藤千恵

気になっていた男友だちに結婚を告げられた夜、着るたびにまだ好きだと思い知らされる元彼のTシャツ、日常のふとした瞬間に揺れる恋心を鮮やかに切り取った短歌と恋愛小説集。

580円

じゃあ言うけど、それくらいの男の気持ちがわからないようでは一生幸せになれないってことよ。　DJあおい

月間600万PV！　超人気ブロガーの辛口恋愛指南77。

540円

アルテイシアの夜の女子会　アルテイシア

「愛液が出なければローションを使えばいいのに」とヤリたい放題の20代から、子宮全摘でセックスは変わるのかレポートした40代までの爆笑エロコラム集。

オリジナル

690円

キャラノベ

謎解き広報課　天祢涼

田舎の町役場に就職したやる気も地元愛もゼロの結子は、毒舌上司と広報紙作りをするはめに。嫌味なアドバイスを頼りに取材をするが……。

730円

アンティーク弁天堂の内緒話　仲町六絵

書き下ろし

女子高生の紫乃は、不思議な力で骨董の謎を解く店長・洸介の手伝いをしはじめて――？

540円

るのだろう。

とはいえ、私はこのトシになっても自慢話なんぞ聞きたくない。ならば、若い現役たちはどれほどイヤか。

彼は帰り際に、言った。

「会社でいい役職についていたＯＢほど、イタいです」

これは名言だ。

私の友人の精神科医が、

「社会において、自分自身の役割が変化する時が必ずある。その変化した日常を苦痛に感じると、心を病む場合がある」

と言っていたことを思い出した。

第一ステージでの挑戦や忙しさなどが、定年と同時にガラッと変わる。特に「いい役職」についていた人は、会社の死活に関わる決定権や重責を担い、刺激も大きい。その役割を失った時、自分はまだ第一ステージの人間と同じかそれ以上だとアピールするのは当然かもしれない。だが、若い人はそれを「イタい」とする。

作家の黒井千次さんは、読売新聞（一月三十一日付）で、老いゆく人の２つのパターンに触れていらした。その文章からうかがえるのは、

「年齢に逆らわず、諦めを前提としたゆるやかな時間に身を置くパターン」

「老いに抗って、自らを励ますパターン」

であろう。そして、両パターンの長所と共に、短所に言及されている。

「前者は限りない怠惰への傾斜を孕《はら》んでいるのであり、後者は焦りと意図の空転《からまわ》りする危険を秘めている」

「イタい」と言われるのは、主に後者だろう。両者のちょうどいい按配《あんばい》というのが、「俺は第二ステージの人間。第一ステージの人間ではない」という意識を明確に持つことではないかと、私は思うのである。

期待されなくて当たり前、でも力を認めて頼りにされたらめっけもんという余裕で臨める。心も病むまい。

食べ物の好き嫌い

食べ物の「好き嫌い」というのは、本当に理屈ではない。先日、女友達と五人で用をすませ、どこかで夕食をという話になった。すると一人が、

「近くにおいしいお寿司屋さんがあるの。どう？」

と言い、私たちは大喜びで大賛成。ところがだ。一人が言ったのである。

「ごめん。私、お寿司だけはダメなの」

これにはみんな驚いた。

「待ってよ。あなたってお寿司ダメだったっけ？」

「日本人でお寿司ダメって人、初めて会った」

「私も。わかった。お刺身がダメなんでしょ？　かんぴょう巻きとかボイルした海老とかなら平気でしょ？」

「そうよ、太巻きとかそっち食べてれば？　行こ」

ところが、彼女は言った。

「私、酢めしがダメなの」

「ウソ。この前、酢の物食べてたじゃない」

「酢は平気なの。でも、酢をごはんにまぜるとダメなのよ」

好き嫌いというのは、こういうものかもしれない。理屈ではないのだ。

現に、五人の中の一人は、絶対に玉ねぎが食べられない。そのくせ、ある時、ハンバーグを注文した。私が、

「玉ねぎが入ってるわよ」

と言うと、

「ハンバーグは大好きだから、取り除くの」

と、何と目につく限りの玉ねぎをフォークで取り除いた。みじん切りをだ。

「それでも少しは残ってるし、匂いもあるわよ」

と、私がさらに言うと、

「目に見えるものを取り除くと、あとは平気なの。匂いも気にならないのよ」

と、何とも不思議な答え。

五人の中のもう一人は、卵がダメだと言う。アレルギーではなく、嫌いだそう。

「でもあなた、タラコとかメンタイとか食べてるじゃない。数の子も」

とムカついた一人が言うと、本人はケロッと、

「魚卵はいいの。トリの卵がダメ。あ、ウズラはオッケーよ。鶏卵がダメ」

と、これまたメチャクチャなことを言う。私は面倒になって、

「もうラーメンしかない」

と決めた。すると一人が、

「私、麺類はできればパス。絶対ダメっていうんじゃないし、食べろって言われれば食べるけど」

と言うではないか。すると「玉ねぎダメ女」が、

「食べろって言われれば食べるって、まったく失礼なヤツね。もうごはんやめて帰ろッ」

と怒り、私が、

「そうよ。好き嫌いを言わないのって、私だけね」

と、胸を張ると、「酢めしダメ女」が提案した。

「寒いし、もつ鍋にしない？　近くにいい店があるの。お酒も色々よ」

みんな、すっかり機嫌が直り、「決まりね」と歩き出した。歩き出せないのは私である。

「ごめん。もつ、ちょっと苦手……」

四人はいっせいにブーイング。私は慌てて、

「もつ鍋の汁や野菜は好きなの。もつを食べなきゃいいんだから、行こうか」

と言った。すると「麺類ダメ女」が、

「無理してつきあうんじゃ、もつに失礼よッ」

と、自分だって「食べろって言われれば食べる」と言ったくせに、その失礼を忘れて、私をにらむ。

「もつ、どうしてダメなのよ。どうして」

と迫られ、答えにくいのだが、内臓とか舌《タン》とか尾《テール》とか豚足とか、動物の体の部位が明確にわかると、腰が引ける。そのくせ、頬肉とかロース、リブ、手羽先などは、部位がわかっても大好きなのだ。酢は好きだが酢めしはダメとか、ウズラの卵は好きだが鶏卵はダメとかと同様だ。

その一方で、世の中には、「大好き」か「大嫌い」か、くっきりと二分される食べ物があるのをご存じだろうか。「好きではないけど食べられる」という人はめったにおらず、くっきりと二分される食べ物のことを、料理雑誌で読んだ。

それは「香菜《シャンツァイ》」。コリアンダーとも呼ばれ、中華料理によく使われる野菜だ。私は大好きだが、独特の香りがあって、見るのもイヤという人は確かに多い。

結局、あの日は五人が丸くおさまる「おでん」にしたのだが、みんなで、「日本は贅沢すぎるし、日本人はいい気になりすぎ」と一致した。アレルギーやドクターストップは別にして、食べ物の好き嫌いを言うのは、考えてみれば贅沢で、いい気になっているのだ。

レストランに行けば係員が、当たり前のように訊く。

「お嫌いなものはございますか」

これも贅沢な質問である。客の方もあれダメ、これダメと何ら悪びれずに主張するのだから、いい気なものだ。この「何ら悪びれずに」というのが、日本の恵まれすぎの状況を表している。

おでん鍋を囲みながら、みんなはアジアやアフリカの食べられない地域の話をしていたが、私は戦争中の日本人を思っていた。

私は戦後生まれで戦争中のことは知らない。しかし、空腹を抱えて行軍し、戦った兵隊や、ろくな物も食べずに銃後を守った女子供を思った。日本が、悪びれずに好き嫌いを言える贅沢な国になった背景には、多くの要素があるだろう。だが、戦中を耐えて守った国民の力は大きいのではないか。

「鶏卵ダメ女」が言った。

「ホントよね。時には思い出さないと。赤ん坊のミルクはないし、兵隊だって『お母さんのそばで白いごはんが食べたかった』って言い遺《のこ》して死んだり。私たち、いい気になりすぎよね」

ふと見ると、彼女はおでんの鶏卵を食べてみようとしていた。

小者ほど驕る

「小者ほど驕《おご》る」という言葉を思い出すニュースが二件あった。
共に今回の「東日本巨大地震」にまつわるもので、ひとつは、
「東・内閣府副大臣
　視察中に居眠り」
という見出しの読売新聞記事だ（三月十三日付）。全文をご紹介する。

◎

政府の代表として宮城県を訪れた東祥三内閣府副大臣（防災担当）が12日朝、上空からヘリで被災地を視察した際、居眠りをしていたとして、同乗した同県関係者から「眼下で多くの県民の命が失われているのに、どういうつもりか」と怒りの声が上がっている。

11日夜に宮城県入りした東副大臣は12日午前7時、仙台市の陸上自衛隊基地からヘリコプターに乗り込み、宮城県亘理町から岩手県釜石市まで2時間半にわたって三陸沿岸部を視察

した。宮城県の村井嘉浩知事や市村浩一郎国土交通政務官を含む約20人も同乗した。宮城県関係者によると、上空から見た沿岸地域はほとんどの民家が流され、「どの場所も口では言い表せない惨状だった」にもかかわらず、東副大臣は顔をうつむかせ寝ていたという。

読売新聞の取材に対し、東副大臣は「熟睡したわけではない。座った時にうとうとした」と眠っていたことを認めた上で、「あってはならないが、地震発生後から睡眠をとっていないという事情もある」と釈明した。

◎

私はテレビで宮城や岩手の沿岸部の街を見た時、写真集で見た戦後の焼け野原のような気がした。空襲によって一網打尽の焼け野原と、南三陸町や陸前高田市の壊滅した街が重なってならなかった。

昨日までそこに住み、家族や犬や猫や、みんなで楽しく暮らしていた人たちは家を流され、親を失い、子を失い、夫や妻を失い、避難所でいつ果てるとも知れぬ生活に入っている。寒さと空腹、物資不足の中で必死に耐えて助けあって生きている。がれきの下に家族がいても余震が続く中、救助さえままならない。

そんな国民と街を眼下に、東祥三内閣府副大臣は居眠りをしていた。

彼が「居眠り視察」をした12日の朝、空は青く晴れ渡っていたはずだ。真っ青な空の下に広がる「焼け野原」を見た時、東副大臣は昭和20年8月15日と重ならなかったか（そうか、居眠りしていて見てなかったんだったわ）。66年前の終戦の日、国民は居ずまいを正して、国難を受け止めた。

東日本巨大地震による現状は、国難である。だが、66年後の今は「副大臣」の地位にある人が居眠りをする。「熟睡したわけではない」が聞いてあきれる。あげく、「地震発生後から睡眠をとっていないという事情もある」だと！　チャンチャラおかしい。何と幼稚で驕った男か。睡眠をとっていないのは、被災者も同じということに思い至らないのか。

なら、ついでに教えてあげるわ。居眠り副大臣の場合は、「居眠り視察」後に帰れる自宅があるでしょ。風呂も温かい食事もベッドもね。被災者は帰る家がないのよ。わかった？

選挙の時だけドブ板を踏み、「国民のために働かせて下さい」と頭を下げ、当選すればこのテイタラクかと思われても致し方あるまい。国民に選ばれた人間でありながら、国難に心を寄せているとはとても思えない。東祥三居眠り副大臣さん、あなたに支給される歳費には、家を流された彼らの血税も入っていることも教えておくわ。

もう一件のニュースは、ＹｏｕＴｕｂｅで見たのだが、スポニチ（三月十五日付）も書いている。3月12日に原発事故に関して菅総理が緊急会見した時のことだ。

フジテレビの中継で、マスコミ関係者らしき男女の声が入っていたのである。

以下、ＹｏｕＴｕｂｅの原文ママでご紹介する。

◎

「ふざけんなよぉ～。また原発の話なんだろぉ～!? どうせ～」という男性の声と、「だから、こっからあげられる情報はないっつってんでしょう！」、「アハハッ、笑えてきた」という女性の声が入っていたのです。

この不謹慎なマスコミ関係者の声に視聴者たちが激怒。「これがフジテレビクオリティー」、「むしろあの会見前は原発の話しか聞きたくなかっただろ」、「どちらにせよ人に聞かせていい言葉ではない」、「これは非常に気分が悪い」などの声が寄せられています。重ねて言いますが、フジテレビが放送した会見ではあるものの、フジテレビ関係者が言ったものか、他のマスコミ関係者が言ったものかは不明です。しかし、その声を出した人物が会見会場にいること（または会見内容を知っていること）は確かなので、何かしらのマスコミ関係者であることは間違いないでしょう。

◎

さらに、スポニチ（三月十五日付）では、日本テレビが石巻市から中継の際、大竹真リポーターの声がオンエアされ、批判が起こったことを報道している。同紙によると、彼は、「本当におもしろいね～」

と言ったそうで、日本テレビは「放送が段取りどおりに進まないことについて発した言葉だと聞いている」と釈明しているが、そういう時は「おもしろいね〜」とは言わない。ネットでも批判されている。

被災地では略奪も暴動も起こらず、助けあって耐えているのに、東副大臣、そして大竹リポーターら一部マスコミの言動、「小者ほど驕る」と言われたら反論できるか。

闇市

今回の地震、津波、原発事故で、

「日本人って悪くないなァ」

と思った人はたくさんいるのではないだろうか。そして、

「日本の若者って、こんなにしっかりしてたんだなァ」

と見直した人も、ものすごく多いのではないか。

海外のメディアがこぞって「あれほどの災害に見舞われれば、普通は暴動や略奪が起こるし、殺戮《さつりく》もありうる。なのに日本人は、きちんと並んで配給を受け、互いを思いやって秩序を守る。何という国なんだ、日本とは」と称賛する。

中国版ツイッターで「帰宅難民が駅で夜明かしをする際、人々は通路や階段の中央をあけ、通行の邪魔にならないように両脇に整然と座っていた。国の力は国内総生産の数字だけでは測れない」と伝えたという。

一方、ここ何日か、仙台在住の友人知人から、よく「ぼやき」の電話が入る。これが、「日本人って悪くないなァ」という気分に水をさすもので、

「すごいぼったくりなのよ。食料品のぼり方なんかひどいなんてものじゃないの。でも、食べなきゃいけないから買うしかない」

と、すべてこれ。

私の友人知人は、多くが青葉区をはじめ、内陸の区におり、海辺の町とは比較にならないほど被害は小さかったという。であるから、誰も避難所に入っていない。そのため、物資の配給はない。当然ながら、自分で食料や日用品を調達しなければならない。

ところが、店が開いていない。もっとも、同じ仙台でも町によって違うようで、

「スーパーもコンビニもまったく開いてないの」

と言う人もいれば、

「スーパーは開いてるけど、入るのに行列を作って2時間待ちよ。入った時には品物が全然ないの」

と嘆く人もいる。しかし、誰もが口をそろえるのは、

「物がない。手に入らない」

である。ならば、どうするか。これも誰もが口をそろえた。

「闇市よ」

何と、町のあちこちに市が立ち、食料品などを売る露店が出ているらしい。何だか終戦後のようではないか。

友人知人たちが、それを「闇市」と呼ぶのは、店によっては法外な値段をふっかけるかららしい。むろん、すべての店がそうだというのではない。ただ、口々に言った内容は過酷だ。

「市価の3倍よ。それでもまたたく間に完売」

「タクアンと赤かぶとナスの漬物、どれも薄ーく切ったのを各二切れパックに入れて、500円！」

「白米の200グラム入り一袋、幾らだと思う？　2500円よ、2500円！　たったの200グラムよ。信じられる？」

彼女はさすがに買わなかったそうだが、買っていた人が何人もいたという。

「育ち盛りの子でもいれば、やっぱり買わざるを得ないでしょうよ……」

湿った声で、そう言った。

また、黒ずんだ大根や、手で触るとジワーと水が滴り落ちる里芋さえ、高値で売られているという。知人がジワーの里芋を手に取ると、

「さわんねでけさい。物がいたむっちゃ」

と怒鳴られたそうだ。彼女は言う。

「うちの方はスーパーが開いていないから、闇市で買うのに一時間並ぶの。イヤなら買うなって態度よ」

そして、つけ加えた。

「日本人って、こういうことをしない民族だと思ってたから、驚いた。でも、戦後の闇市ってきっとこうだったんじゃないかしら」

他人の弱味や不幸を、商売のチャンスととらえる人は、全国どこにでもいるだろう。

東京ではあるが、私の事務所も、地震の被害は小さくなかった。

東北地方とは比べるべくもないものの、書棚やキャビネットが倒れ、資料などが入っていた幾つもの段ボール箱は吹っ飛んだ。本も資料も床に叩きつけられ、倒れた書棚などのガラスが散乱。足の踏み場もない。

とてもシロウトの手にはおえず、業者に後片づけを頼んだ。見積もりは立てず、当日に現場で「当日見積もり」を出すのだという。

致し方まで違うと、これが目の玉が飛び出る額。だが、片づけないと仕事にならない。業者は下見もしていないのに作業員をなぜだか4人もそろえて、待っている。ここで取りやめても、またどこかに頼まねばならない。それより早い方がいい。とてもアレコレと考えられず、結局、やってもらったのだが、あれは法外な額だった。

彼らは終了後、

「朝から忙しくて」

と言って、次の現場へ走って行った。

だが、実は仙台においても、いい話の方がずっと多い。ぼったくりを嘆く友人知人は、その十倍以上の数のいい話をしてくれた。

たとえば、農家の婦人がリヤカーに新鮮な野菜をたくさん積んで、わざわざ遠くからやって来る。そして、町の人たちに、

「大変だったたちゃねえ。私らはお陰様で、畑も無事だったのォ。いつもの半値でよがすから、持っていってけらい」

と言ってくれた話や、

「この間、花屋さんが道行く女の人たちに、一輪ずつ花を配ってたの。『こんな時こそ花を飾って、元気出そうね』って。女子高生が涙ぐんでお礼言ってた」

という話もしていた。

また、地震の恐さで精神が不安定になっている四歳の男の子を、近所の男子中学生が毎日遊んでくれるという。その結果、男の子の精神は安定し、夜も眠れるようになったそうだ。

その子の母親は言った。

「落ちついたら焼き肉をおごるの。悪くないよね、日本も日本人も」

私もそう思う。ぼったくりがかすむほど、そう思う。

室内に積雪!!

今回の巨大地震により、日頃から非常時に備えておこうという意識が、私の周囲では高まっている。

備えるといっても、必要なものを袋に入れておき、すぐに持ち出せるようにしておくとか、家具にストッパーを取りつけて倒れないようにするとか、以前からさんざん言われてきたレベルのことである。

少なくとも私や私の周囲の圧倒的多くが、このレベルのことさえやっていなかった。正直なところ、非常事態というものが起こるとは本気で考えていなかった。何の根拠もないのに、「大丈夫よ。そんな大地震とか台風とか、来ないと思うわよ」

「そうよね。来るとしても、そう心配いらないんじゃないの」

と、こうだった。何の根拠もないのに、「何か大丈夫な気がする」ですませていたのである。ところが、今回の災害により、とんでもないことが突然起こりうるのだと、やっとわかった。

テレビや新聞でも、非常時用の持ち出し袋に何を入れておくかを細かく教え、また食器やガラス戸棚をどうするかなどのアイデアも、色々と伝えている。

が、どこのテレビでも新聞でも伝えていないことがある。私は今回、ひどいめにあったので、これだけは大声でお伝えしたい。本当にひどいめにあった。

家庭用の消火器である。

私は地震の時、都内の明治記念館にいた。日本ファッション協会が主催する式典が午後三時から始まるため、十五分前に着いた私は出席者とおしゃべりしながら待っていた。

そこにあの地震。天井のシャンデリアがメトロノームのように揺れる。外に出ようにも立っていられない。しゃがみ込んでテーブルの下にもぐったが、しゃがんでいられないほどの揺れだ。

少しおさまると、係員が誘導してくれて、外に出た。館内から次々に人が出てくる。広い敷地であり、倒れてくるものもなく、安全なのだが余震がひどい。立っていられず、誰もがしゃがんだり、つかまったり。明治記念館の豪壮な建物がユサユサと揺れるのがわかり、これは大変なことになっていると思った。

何とか自宅マンションにたどりつき、ドアを開けるなり棒立ちになった。

自宅は上階なので、玄関の額や人形が床に叩きつけられ、粉々に砕けていたのは想定内だ。棒立ちになったのは、玄関一面が白い粉に覆いつくされていたからである。

それは、一面に薄《うっす》らと雪が積もった感じで、出してあったブーツもスニーカーも、雪に覆われたように真っ白。廊下も真っ白。スリッパラックもスリッパもすべて真っ白。玄関も廊下も、粉がまだ舞っているのか、煙っている。私は土足であがり、おそるおそるリビングに向かった。足跡が粉の上にくっきりとつく。

リビングも真っ白だった。テーブルも椅子もソファもフロアスタンドも、白い粉で覆われている。寝室も仕事部屋も、床ばかりか壁も一面の粉。台所も洗面所もお風呂場もだ。

実はこれ、台所の隅に置いてあった家庭用消火器が地震で倒れ、栓が開いてしまったのである。消火のための放水ならぬ「放粉」で、もうどこもかしこも真っ白な雪景色。

帰宅した時、確かに消火器は横になって転がっていたが、他の物も散乱しており、私はまさか「放粉」とは思いもしない。何の粉かと気味が悪い。管理人さんを呼び、

「このマンションは非常時には、上から何か粉が降ってくるんですか」

と、トンチンカンな質問をした。エレベーターが停止したため、階段で上階まで来てくれた管理人さんは、息も絶えだえに、

「どこの……家も……粉は……降ってません」

と言う。管理人さんにも土足であがってもらい、「積雪」の調査をお願いしたところ、やがて、叫んだ。

「消火器ですッ！」

私はそれを聞いた瞬間、粉の出所がわかって安堵するよりも、日本の消火器のすばらしい能力に圧倒されていた。家庭用の小さな一本で、全部屋が真っ白になるのだ。つまり、あれ一本で、かなりの火をおさえられるということだろう。小さな体で泣けてくるが、後の掃除も泣けてくるものだった。私は外出時には全部の部屋のドアと、クローゼットを開け放って通気をよくしている。それがアダとなり、クローゼットの服、バッグはもとより、押入れの寝具から何からすべて粉まみれ。洗面所に置いてあった化粧品、香水、マニキュアのびん、すべて粉まみれである。悲惨なのは仕事部屋で、本にも資料にも、ファックスにも電話器にも、机の上の書類にも積雪し、一面の銀世界。

被災地の方々を思えば、取るに足らない被害だが、秘書のコダマが休日出勤してくれて、粉が舞う中、二人でマスクを二重にかけての掃除。復旧するのにまるまる五日かかった。

テレビでも新聞でも消火器については触れていないが、非常時に備えて、転がらないように置いておく必要がある。何か重い物で囲いを作るとか、取り出しやすくて倒れにくいという方法を考えておかないと、本当にひどいめにあう。

何とか掃除がすみ、洋服から寝具までクリーニングに出すものが山のようになった。取りに来てほしいと電話をすると、言われた。

「すみません。工場が稼働できず、それにガソリンがなくて伺えないんです。もう少し待って下さい」

すでに二週間、うちの玄関は、今度は寝具と服で覆われている。

小朝師匠の新作

『週刊新潮』（三月十日号）に、

――「春風亭小朝」が演目変更で幻の「内館牧子」――

という記事が出たことを心配し、友人知人や仕事関係者から電話が鳴り続けている。

これは、私が小朝師匠に書きおろした新作落語のお披露目が、土壇場になって演目変更になり、「幻」と化したという記事だ。

『週刊新潮』はきちんと取材して書いており、まったく間違いはない。ただ一点、「幻」という言葉が誤解されたようで、電話が鳴り続けてしまった。

確かに「幻」となると、永久にお蔵入りという印象だ。「よほどひどい原稿だったのか」とか「師匠が気に入らなかったのか」等々の臆測はもとより、友人知人の中には、

「師匠とぶつかったんじゃないか。何せ朝青龍にも平気でぶつかる女だから」

とか、

「落語書くの初めてだろ。それも神奈川芸術劇場のオープニングで、天下の小朝の独演会っていうじゃない。ビビってひどい原稿出したんだろ。無理ないよ」

などと心配してくれる。

実は全然違う。「幻」としてお蔵入りはしておらず、師匠とぶつかってもおらず、新作は改めて、皆さまにお披露目する。記事にもあった通り、師匠の、

「もう少し温めたい」

という言葉のままである。

原稿は早くに渡してあり、師匠もお披露目できると思っていたからこそ、チラシにもそれを刷っていた。だが、新作を高座にかけるということは、満を持して臨むことなのだ。

師匠が私の新作を練りあげ、稽古を続けておられることは、折々に連絡が入っていた。今回の演目変更は、土壇場までやってみたが、お披露目するにはどうしても納得できないと、それ以外の理由は何もない。私はそこに、「天下の小朝」の芸に対する真摯な姿勢を見た気がした。

であるからして、演目変更の連絡と新作は改めてお披露目するという連絡が入った時、私は、

「まったく構いません。師匠が満足できるまで思うようになさって下さい」

と伝えている。

ただ、神奈川芸術劇場には大きなご迷惑をおかけしてしまい、作者としても申し訳なく思う。小朝師匠のチケットは、いつでも入手困難だが、今回も3回公演が完売。中には新作の初演を楽しみにされていたファンの方々もいらしたであろうし、本当に心苦しく、お詫びしたい。

私は寄席に時々行く程度の落語ファンに過ぎないが、今回、新作を書くにあたり、小朝師匠の高座をテープで改めて聴き直した。また、他の師匠たちのものも、古典と現代物とをできる限り数多く聴き、寄席にも行った。

その時にふと思ったのは後世に遺る噺家という人たちは、話術にも口跡にも品があるということだった。現代物でとんでもない話を繰り広げても、ハチャメチャなことを言って爆笑を取ってもだ。

小朝師匠もそうである。音響効果が入ったりもするし、ご本人が歌も歌う。ところが、何をやっても下品に落ちない。

これはなぜだろうと思いながら聴いていて、ふと気づいたことがある。

小朝師匠は、ここで笑いを取ろうとか、こうしたら笑ってくれるだろうとか、そういう計算はまったくしていないのではないかと。

もちろん、笑わせることが仕事であり、狙いもするだろうが、誤解を恐れずに言うなら、高座にあがると、笑わせるということなど気持ちから抜け落ちて、とにかく全身がその噺に入り込むのではないか。陳腐な言葉だが、「無私の境地」に入ってしまうのではないだろうか。

そう思った時、古今の名高い噺家のテープを、その観点からもう一度聴いてみた。やはりどなたからも、笑わせようとか受けようとかが匂わない。自分の体を使って、物語を目の前に立ち上げることにのみ没頭しているような、そんな気がした。

そして、これが「品」を醸《かも》しているのではないかと、落語にはまったくのシロウトの私だが、そう思わされたのである。

こうなると、日本の伝統文化のありように思い至るのは当然だ。何を保守し、何を改革していいのか。これは大相撲にも言えることで、やみくもに改革しては別物になってしまう。「芯」に手を加えてはならない。

では芯は何なのか。そう簡単にわかることではないだけに、大相撲でも落語でも他の伝統文化でも、部外者が軽やかに21世紀仕様に直すのは、畏れ知らずの恥知らずというものだろう。

ずっと以前に、ある人と古典落語の「へっつい泥棒」という演目の話になった。現代人は

「へっつい」と言われてもわからない。現代と乖離《かいり》していることが多いため、古典落語はすたれるのだとその人は言い、

「高座の後ろに、へっついの画像を流せばいい」

と断じた。私は、

「それは野暮。落語は粋なものです」

と答えたのだが、その「21世紀仕様」をやると、古典落語ではなくなる。品も消える。

そんなことを思いながら落語を書くのは楽なことではなかったが、噺家の体の中でどう発酵されるのかという楽しみは、また他のジャンルにはないものでもあった。

畏れ多くも書いた私の新作、小朝師匠が「無私の境地」になり、目の前に物語を立ち上げることにのみ没頭できる日が来たら、ぜひぜひお出かけ頂きたい。

日本の子　中国の子

スーパーで買い物をしていると、30代前半かと思われる母親が、

「ゼリー作ってあげようか。苺たくさん入れて」

と、幼稚園の制服を着た娘に優しく言っていた。子供に朝ごはんさえ作らない母親の話をよく聞くだけに、おやつまで手作りなんて偉いなァと思っていると、幼い娘がすねたように答えた。

「ゼリー、固いからイヤ」

プルンプルとした食感を「固い」と言ったようだ。母親はすぐに、

「そうね。じゃあ寒天にしようか。寒天なら柔らかいからいいでしょ」

と微笑んだ。おそらくいつも、水を多めにしてふやかし、うんと柔らかくして食べているのだろう。

それにしてもこの母親、幾ら何でも優しすぎだろうって。こういう時は、

「何言ってんのッ。ゼリーのどこが固いんだッ」

と一喝すべきだろうが。親がガツンとやらないと、ゆくゆくは娘がひどいめにあう可能性があるのだ。

日本人が、特に子供が固い物を食べない傾向にあることは、十年以上も前から問題になっている。固い物を食べないため、噛む力がどんどん失われていき、それは脳の働きにも影響すると、ずいぶん言われてきた。これはもちろん、大人にとっても大きな問題であり、老化が早まるとか、病気の治癒が遅くなるとか、誰しも聞いたことはあろう。

ただ、「固い物をしっかり噛んで食べよう」ということは、ダイエットの話題のようには関心を持たれなかったと思う。

ところがある時、私はゾッとさせられることに出会った。一九九九年の秋だと記憶しているが、私はＮＨＫの朝の連続テレビ小説『私の青空』を準備していた。小学校の給食調理現場もテーマになるため、スタッフとその取材を続けていた時のことである。小学校一年生だったか二年生だったかの教室を訪ね、子供たちと色んな話をした中で、何気なく質問した。

「みんなにとって、固い食べ物ってナーニ？」

忘れもしない。子供たちは答えたのだ。

「パン！」

「えーとね、お豆腐」

私もスタッフも混乱した。もしかして「柔らかい食べ物」を問うたかと思ったのだが、そうではなかった。パンが固いというのは「食パン」のことで、ミミがあるから。また、「お豆腐」は木綿豆腐のことだ。

栄養士に聞くと、ごぼうや芋などの根菜類はもとより、野菜の大半、ゆで卵までを「固い」とする子供は少なくないという。

私は教室で、子供たちにまた質問してみた。

「じゃあ、みんなにとって柔らかい食べ物は？」

子供たちは力いっぱいに答えた。

「プリン！」

「アイス」

「綿菓子！」

口に入れれば溶けるものが「柔らかい食べ物」のようだ。

そう考えると、食パンや豆腐も「固い」わけだし、じゃが芋もカボチャもスープやペーストにしない限り、固い食べ物になる。

この教室からの帰り道、私もスタッフも重い気分になっていたことを、今でもよく覚えている。日本の将来は大丈夫か……と。

この取材より一年ほど前に、私は月刊誌『Ｔｈｉｓ ｉｓ読売』で、医学博士で宮崎大学教授の島田彰夫さんと対談していた。島田教授は、ヒトという動物にとって、何を摂取するのがよいか等、人間の「食性」の研究を続けてこられた学者である。

その島田教授が対談で開口一番におっしゃったのは、最近の日本人は、

「食べるものがどんどん軟弱化している。柔らかいものばかり食べる風潮があることですね。ことに子供にそういう傾向が強いんです」

という警鐘だった。噛むことをしなくなると、「全身的ないろんな影響がある」と断言され、具体例を挙げておられる。

①まず歯列不正が起こる

②次にアゴそのものが小さくなる（そのため、歯の数が足りない子が出てきた）

③脳の働きとの関係

④肩こり、腰痛の原因

さらに「肥満の原因」や唾液の分泌が不足するために「消化不良の原因」になることもあると、警告された。

私が何より恐いと思ったのは、島田教授によると、五歳くらいの子供の中に、乳歯が生え

たままの状態できれいにそろい、まったくすり減っていないケースが出てきているそうだ。

「ちゃんとしたものを噛んでいれば、歯は自然に減っていくわけです。幼稚園児の中に、たまにきちんとすり減っているのがいまして、これは噛む力を測定すると五十キロ近い力を出しているんです。ところが、ひどいのは一キロ出ないんですよ」

噛む力として、どのくらい出るのが普通かというと、

「少なくとも自分の体重以上のキログラムが出ていないといけないと思うんですね。幼稚園児ですと、二十キロ近い体重を持っていますね。しかし、噛む力が十キロ以下という子供が非常に多いです。当たり前の食事を当たり前にしていれば、すり減るはずなんです」

ということである。

これは大人にも老人にもあてはまるそうだ。これが、今から13年も前の警鐘である。

さらに対談から数年後、私は取材で中国の雲南省に出かけた。路上で遊び回る子供たちが、みんな焼トウモロコシを食べている。一本十円程度で屋台で売っているものだ。

あまりにおいしそうで、私も一本買って食べてみた。びっくりした。固いの何のって、ソロバン玉のよう。日本のスイートコーンとは別物である。

あれをバリバリとかじって遊ぶ中国の子、「ゼリーは固いからイヤ」とすねる日本の子。

そりゃ、勝負にならないでしょう。

その気になれない

編集者たちとヘボ俳句の会を作っていて、年に一度は吟行としゃれ込む。今年は五月下旬にやることが決まり、みんなが楽しみにスケジュールを空けていた。

ところが四月上旬に、幹事から「吟行延期」のメールが届き、次のように書かれていた。

「諸般の事情を勘案するに、なんとなく気が萎えてしまったのです」

私はこの一文を読み、日本中を覆う「自粛」の気持ちは、まさにこれだと思った。

今回の大震災にちなんだ自粛の圧倒的多くは、決して上からのお達しによるものではないと私はずっと思っていた。もちろん、花見や花火など「自粛するように」とお達しがあり、中止になったものもある。

ただ、圧倒的多くは、個々人が「その気になれない」ということで、自ら粛《つつし》んだのだと思う。

「その気になれない」という気持ちの背後にあるものは、個々人によって違うだろう。東北の惨状を報道で知り、自分たちだけ浮かれていていいのかと思った人もいるだろうし、友人や親戚などを亡くし、悲しみで何もしたくない人もいると思う。

また、自分ができることは募金くらいだからと、外食や買い物をやめて支援に回した人は、私の周囲にも多い。被災者や孤児を思うと、悼む気持ちと痛みで、とても明るくなんか過ごせないと言う人たちも多い。

そして、大自然の恐ろしさに、日々の生活が虚しくなり、色んなことがもうどうでもよくなってしまうこともあろう。

現に、私の女友達は電話をかけてきて、言った。

「今までダイエットに励んでいた自分がバカみたいに思えてさ。生きるってことは、そういうことではないんじゃないかって」

彼女からダイエットを取ったら、何も残らないというほどの人が、さらに言う。

「信じられない値段のヨーロッパブランドの服を着るためにダイエットしてきたけど、ああいう服がもう輝いて見えない。バッグも靴も虚しい物品よね。買い物する気、全然ない」

靴にもバッグにもうるさい彼女が、「物品」と言うのには驚いた。

また、ビッグネームの芸人は週刊誌で「お笑いで力を与えたいなんて思い上がりで、お笑い芸人はこんな時には何の役にも立たない」と語っていたし、作家が、「これほどの現実を前に、絵そらごとを書いてきた自分を思い、何も手につかない」とか、「小説なんて平和な時のものだと実感した」などと語っている。

たとえ、それが一時的な気持ちであっても、その一時の間は何に対しても「その気になれない」「萎えてしまう」のである。だから、自ら粛む。その状態が自分にとって一番ここちいいということだ。

四月十一日の読売新聞では、十年前に起きたアメリカの同時多発テロ後、当時のルドルフ・ジュリアーニ・ニューヨーク市長が市民に向けた言葉を紹介している。

「普段通りの生活をしても、死者を悼むのを止《や》めたことにはならない。犠牲を無駄にしないため我々がまずできることは、普段の生活を取り戻すことだ」

そして、ニューヨーク市民以外の人々にも、ニューヨークに買い物に来るよう呼びかけ、

「いつも混んでいる店も今なら空《す》いている」と訴えたという。

同紙によると、日本の自粛の現状を米紙は、

「ジシュクが国民的な強迫観念になった」

と皮肉ったそうだ。

バカバカしい。何が「強迫観念」か。米紙の感じ方は皮肉以前の、ありきたりな薄っぺらい分析にしか過ぎない。同時多発テロの際の市民感情を思い出せばわかりそうなものだ。

人々は「その気になれない」のである。

それが上からの命令によるものではなく、個々人の感情による粛みである以上、「サァ、元気出せ！」「行き過ぎの自粛はダメだ！」「日本経済を回すためにも、ソレッ、買い物や外食しようぜ！」とお尻を叩いても無理である。

よく精神科医や心理カウンセラーが、「悲しい時や泣きたい時に存分に悲しみを吐露し、泣きたいだけ泣くことが大切。それをした方が、きちんと立ち直れる」と言うが、それと同じではないか。

その気になれない間は、存分に自ら粛めばいいのである。確かに今、灯の消えた繁華街や、イベントや会合の延期・中止通知が次々に届くことや、交通量がめっきり減った都内の道路や、あれほど予約のとれなかった人気レストランの開店休業状態や、そんな日常ではある。もちろん、この状態が長引いていいとは思わない。日本経済に与える影響も恐い。

だが、人間の気持ちばかりはどうしようもない。気がすむまで粛んだ方が、きちんと立ち直れるのではないか。それに、アメリカ人がそうであったように、日本人も少しずつ日常生活と活力を自ら取り戻して行くだろう。

こんな中で、四月九日にはプロレスラーの小橋建太さんの結婚披露宴が、帝国ホテルで予定通りに行われた。開宴と同時に、新郎新婦は自粛すべきかと迷って悩んだことを列席者に語った。会場の花がすべて白一色でまとめられていたところにも、お二人の悼む気持ちがこめられていたように思う。

華やかで温かいパーティであり、列席者はみな笑顔でおしゃべりし、お祝いし、「久々に楽しかった」と言いあって帰って行った。

こうやって少しずつ、自分のペースで日常に戻って行きたい。こちらが色んな意味で体力をつけないと、被災者や被災地の役に立てないのだから。

スナックとスナップ

作家の川上弘美さんが、月刊『ミセス』五月号に「スナックとスナップ」というエッセイを書いておられた。かつて私も「おかしいな、不思議だな」と思っていたので、川上さんもか！　と我が意を得た。

本誌の読者の中にも、同じことを考えている方は少なくないはずであり、川上さんのエッセイを冒頭から途中まで抜粋させて頂く。

◎

スナックだと、ずっと思っていたのです。

ところが、いつの間にか、これがスナップになっているではないですか。

エンドウのことです。親指くらいの大きさの、莢ごとゆでて食べるというそのエンドウをはじめて教えてくれたのは、トラックで団地にやってくる八百屋さんでした。スナックみたいに食べやすいよ。そう言われ、ためしに買ってみたら、じつにその通りでした。以来、スナックエンドウが旬となる五月を、楽しみに待つようになりました。

ところが、ある年突然、スナックエンドウはスナップエンドウという名に変わってしまったのです。

びっくりしました。どの八百屋さんに行っても、遠くのスーパーマーケットに確かめに行っても、「スナック」という名の表示は、もうひとつもない。全部が全部、きれいさっぱり「スナップ」になってしまったではありませんか。日本青果協会豆部（などというものがあるとして）の名前変更お断り記事がないかと、目を皿にして新聞や市の広報を捜しました。でもそのようなお知らせは一切なかった。

◎

というエッセイである。莢ごと食べるエンドウを私に最初に教えてくれたのは、千葉の鴨川で農業をやっていた藤本敏夫さんだった。彼は新宿のバーで、きれいな緑色に茹でたエンドウに辛子マヨネーズをかけたものを出させ、私にすすめた。私が、

「普通のエンドウと全然違う！　おいしい。何これ」

と、パリパリと食べていると、農業家の彼はハッキリと言ったのだ。

「スナックエンドウいうんや」

それが「スナップ」に変わったと気づいた時、彼はすでに亡く、夫人の加藤登紀子さんに

聞いたらわかるかなァなどと思いつつ、私は英和辞典を引いてみた。

「スカートのスナップ」とか「スナップ写真」などという言葉があるが、何か豆にちなむ意味もあるのかもしれないと思ったのだ。

すると、ｓｎａｐの意味のトップに出ていたのが、「ぱくっとかみつく」「ぽきっと折る」「ぷっつりと切る」である。「ぴしっ、ぱちっといわせる」というのもあった。

これを知った時、私は「スナックエンドウ」ではなく、「スナップエンドウ」が正しいと確信した。あの歯ごたえは「ぽきっ」「ぴしっ」「ぱちっ」だもの。間違いない。

と、その時だ。驚いた。

「ｓｎａｐ ｂｅａｎ」という単語があって、

「インゲンマメなど〔さやごと食べる〕」

と出ているではないか。

「ぽきっ」も「ぴしっ」も全然関係なくて、「スナップビーン」という単語が最初からあったのだ。

私はすぐに「ｓｎａｃｋ」を引いてみた。私のこの情熱がすべてのことに向かえば、今頃は立派な人間になっていたのにと思う。引いてみると、「ｓｎａｃｋ」には「軽食」とか「簡単にできること」という意味が出ているだけで、「スナックビーン」という単語はない。

ゆえにだ。あのエンドウは「スナップ」が正しい。しかしだ。何ゆえ当初は「スナック」だったのか。川上さんも私も耳にしている通り、確かに当初は「スナック」だった。なぜか。

これは私が情熱をもって推察するに、日本青果協会豆部（などというものがあるとして）が間違えたのだ。

「ｓｎａｐ ｂｅａｎ」という単語があるくらいだから、このエンドウはどこか英語圏の国から輸入されたのだろう。証拠はないが、きっとそうだ。

その時、相手国の人が「スナップビーン」と言ったのを、豆部の担当者は「スナックビーン」と聞き間違えた。証拠はないがきっとそうだ。とはいえ、外来語のまま「スナックビーン」という名で流通させず、「スナックエンドウ」と半分和訳した根性を、私はいとおしいと思う。

しかしやがて、日本青果協会豆部では、「スナップ」が正しいと知ることになる。今さら、どうする。国民は「スナックみたいに食べやすい」「ぽきっ、ぱしっのスナックちゃん！」と言っているのに、今さら「スナップ」とは言えない。豆部のコケンに関わる。

そこでどうしたか。私が情熱をもって推察するに、シカトしたのです。

川上さんがいくら目を皿にして捜しても、新聞や市の広報に名称変更のお知らせなど出すわけがない。なぜなら、うやむやのうちにいつの間にかスーッと「スナック」が「スナップ」になっていたという状況を、豆部は欲していたのだ。「気がつけばスナップ」という状況こそが、豆部のコケンとメンツを守るものだったのだ……と、私は推察する。

外資系企業の女友達は、

「何言ってんのよ。輸出入には書類を色々交換するのよ。ちゃんとｓｎａｐって書いてあるわよ、バカ」

と言った。豆部は読み間違いもしたのよッ。

スナップエンドウだけではなく、いつの間にか名前が変わっているケースは、他にも多々ある。川上さんは「突然の名前変更一覧」を自ら作るため、「スナップ協会」の設立を高らかにぶちあげた。

私同様、情熱の女《ひと》だ。

復興構想会議から

菅総理から、東日本大震災における「復興構想会議」のメンバーになってほしいと電話があったのは、四月六日の午後だった。

東北をどんな形で復興させるか。そのあり方を議論し、政府に提言する会議が設置されることは報道で知っていたが、私は「またそういう組織を作るわけ？」とあきれていたのだ。

とにかく、震災がらみの組織が、その時点で20近くにのぼっていた。この原稿を書いている今は「復興」と名のつく組織だけで、「復旧・復興検討委員会」、「復興構想会議」、「復興実施本部」（仮）。さらに復興庁（仮）を置くという報道もある。

これらがどんな任務を負い、どんな指揮系統のもと、どんな働きをしているのか。知っている国民は少ないのではないか。当然ながら、報道では「組織の乱立」「船頭多くして混乱一方」「組織ばかりで対策進まず」という論調が目立つ。

そんな中でメンバーになっても、責任はとてつもなく大きいのに、何の結果も出せずに

「絵に描いた餅」を提示して終わるのではないか。だが、二日間考えて、引き受けようと決めた。

理由は幾つかあるのだが、ひとつには、今回の災害を前にして、ものを書く仕事というのは、平時であればこそ力を発すると実感させられたことである。

友人の作家も次のようなファックスをくれた。

「今回のような危機に直面すると、文芸というものがいかに無力なものか、つくづく思い知らされました。文芸を含め、芸術文化というものは、心のゆとりと平和な世界があった上で成立すると実感。それらに携わる人間こそ、復興を願い、率先して行動しなくてはなりません」

そして、自分にできることを行動に移そうとあった。

私にできることのひとつとして、国からの要請に応じることもあるのではないか。その思いは大きかった。

そして四月十四日、首相官邸で第一回目の「復興構想会議」が開かれた。

菅総理をはじめ、枝野官房長官、松本内閣府特命担当大臣（防災）、福山・仙谷・瀧野の各官房副長官も出席され、政府・与党が国難の打破に、懸命に力を尽くしていることは、その表情からもうかがえた。

私が見た限りにおいて、政府首脳の顔はオーバーワークを示していた。肌はパサパサで、顔はむくみ、おそらく寝食を削ってがんばっているのだろう。心身共にギリギリのところにあるほど、懸命なのだと思う。

だがしかし、被災者のみならず、国民が望んでいるのは「結果」である。

こういう危機に直面した場合、懸命にやることは当然の「過程」であり、一刻も早く欲しいのはその「結果」なのだ。もちろん、危機であればあるほど、急に結果など出ないものが多いだろう。その場合は、過程の状況を明確に説明し、たとえ悪い情報であっても逐一開示し、その時点での政府の考え方や対策を、わかりやすく強く伝えることだと思う。

そうすれば、国民の不安はかなり減るはずだ。

今回、風評被害がこれほどまでに大きくなったのは、過程の説明が理解不能で、政府の考えがまるでわからず、国民を不安に陥れ、疑心暗鬼にさせたことが一因であろう。放射能汚染に関しても、メディアで「心配ない」と言う専門家もいれば、「心配だ」と言う専門家もいた。本来、政府はその時点における情報を開示し、明快に強く見解を述べる必要がある。それがたとえ希望的なものでなくとも、国民は不安の中に置きざりにされなかったはずだ。

だが、東電も原子力安全・保安院も、説明は要領を得ず、頼みの政府は、

「直ちに健康に影響するものではないと伺っている」

「これらの水は飲まない方が望ましいが、他になければ飲んでもいい」

「自主避難をお願いする」

等々、理解不能の日本語ばかり。当然、国民は「政府は信じられない」「政府は何か隠している」「放射能はひどい状況らしい」となる。風評が席捲し、地域によっては甚大な「無実の被害」に苦しむことになった。

大震災より前に『文藝春秋』四月号の特集で、「なぜ民主党政権は何もできないのか」と問われた。私は、

「能力がない」

「覚悟がない」

「めざす地点がない」

の三点を挙げ、「こういう人たちがリーダーになると、国はこうなる。現在の日本はその典型である」と答えた。

今回の大震災に際し、某大臣が「こんなことは初めての経験だから」と言い訳したという記事を読んだが（このセリフは阪神・淡路大震災に際し、時の村山富市総理も言っている）、与党の大臣たる者、初めてなら初めてなりに、国民を不安にさせない方策を採るべきだろう。この大臣は、能力の欠如を感じさせる象徴である。

また、理解不能のあいまいな日本語に終始するのは、覚悟の欠如のあらわれではないか。悪い情報をもすべて開示し、そこから国民を牽引していく覚悟があれば、もっと明快であり、マッチポンプ状態でアタフタすることも少なかっただろう。そして、20以上もの会議や組織の「乱立」は、「めざす地点がない」からだと私はとらえている。場当たり的に、必要と思う組織を作ったがために、「乱立」と見なされる。

大震災前に挙げた三点が、奇しくも該当したと思う。

ただ、もう前を向きたい。これまでの失点から学び、被災地をどう復興させるか、政府、野党、官僚、県市町村、各会議や委員会、そして国民が一体となるべき時である。

土地に棲む霊

「地霊」について、ずっと考えている。震災と津波と原発事故で、東北がやられてからずっとだ。

「地霊」のことは何年か前にも、ここに書いたことがあるが、その土地に棲み、その土地を守護している御霊《みたま》である。

私が初めてこの言葉を聞いたのは、もう十数年以上も昔で、東京は銀座の商店会幹部とお会いした時のことである。当時、銀座は最もさびれて寂しい時代だったのかもしれない。少なくとも、失った往年の輝きが戻ってはいない時代だ。その幹部は、次のような内容をおっしゃった。

「銀座がさびれたのは、地霊に逆らった街作りをしたからだとも言われるんですよね」

私はこの時、「地霊」という言葉を初めて耳にしたのである。商店会幹部は、次のように続けておられた。

「銀座はかつて街の中を運河が流れ、柳が並木を作っていました。ところが昭和二十年代に運河を埋め立て、柳を抜いて街作りをした。それからですね、さびれ始めたのは。銀座は水と柳の街なのに、地霊に逆らったんですね」

私にとって、「地霊」という言葉は強烈だった。それは決して「神がかっている」とか「オカルトチック」というものではない。言葉の印象からすると、そうとらえられても不思議はないが、私は幹部の話を聞き、思ったのである。

「地霊」というのは、その土地の「個性」とイコールではないかと。「地霊に逆らう」ということは、その街の個性をつぶすことだ。個性を失えば、街はさびれる。そういうことではないかと思った。

何年か前、このページに「地霊に逆らうな」と書いたのは、私が東北大の院生で仙台に住んでいた時だった。

当時、仙台は地下鉄工事のために青葉通のケヤキを七十七本抜くことにした。市は「移植であり、抜くのではない」と言ったが、ケヤキは移植が非常に難しい木だそうで、抜けば終わりということが多いと専門家は語っていた。私はこのページに、「ケヤキは仙台の地霊だ。個性だ。『杜の都』という仙台の枕言葉は、何に由来しているのか。ケヤキに代表される緑だろう。日本中の人が知っている枕言葉を持つ街が、他にあるか？　全国に個性が知られている幸せに感謝せよ。地霊に逆らうな。個性をつぶすな。地下鉄工事はケヤキを抜かずにできる方法はないのか」ということを書いた。銀座の話が頭にあったのはもちろんだ。

今、大震災後の東北をどう復興させるかという「東日本大震災復興構想会議」が動き始めている。五百旗頭真《いおきべまこと》・防衛大学校長を議長に、建築家の安藤忠雄さんをはじめ、十六人のメンバーからなる。第一回目の会議では、メンバー全員が復興への考え方や思いをスピーチした。

私はこの時も、「地霊」について触れた。そうそうたる都市工学や防災などの専門家を前に、「土地に棲む霊」について言うのはいささか勇気が必要だった。しかし、これは東北の個性を守る意味で重要なことなのだ。

「私はただ便利で美しく清潔で効率のよい街作りをしたら、東北はつぶれると思っています。絶対に万博会場のような無機質な街にしてはならない。また、ニューヨークなのかロスなのかシリコンバレーなのか、区別のつかない東北にしてはならないと考えます。危険を回避する構想など、これから形になっていくわけですが、人々に『新しい街なのに故郷の匂いがする』と思わせる街作りをする必要があります」

というような内容を言ったのだが、他の委員のメモにも、過去の某被災地方について、「復興計画に将来ビジョンがなかったため、まちは美しくなったが、人口減少が続き、さみしいまちになってしまった」

とあった。

この「将来ビジョン」とは何か。ひとつには、その地方に住んでいた人々が戻り、「ずっとこの故郷に住みたい」と思うか否か。それが重要な一点だと考える。

前述の某地方の場合、「まちは美しくなったが」、かつてとは様変わりし、その地の人々にとって、まるで違う街になっていたのだろうと思う。「人口減少が続き」ということは、人心を考えれば予測できたはずであり、この点における「将来ビジョン」が欠けていたと言わざるを得まい。

岩手県陸前高田市の老舗醤油店「八木澤商店」が今回の津波で根こそぎやられ、一八〇七年創業の味が再現できなくなった。ところが、河野通洋社長と社員が、ガレキの中から醤油樽を探し当てた。その時の様子が報道されていたが、社長や社員が泣かんばかりに歓喜したのは、樽にもろみがこびりついていたことだ。それを削り取りながら、社長は頬を紅潮させた。

「このもろみから酵母菌を取り出すんですが、その菌こそが、うちの特有のものなんです。それがないとうちの味になりません。二百年受けついだ菌であり、次の二百年を作るための要です」

そして、言い切った。

「新しい蔵を建てますが、この菌を付着させます」

私は過去、酒の醸造元をずい分取材したが、どこでも、

「建て替えても転居しても、麹室《こうじむろ》には絶対に手を入れません」

と答えていた。麹こそが自社の酒の味を決める個性だからだ。酵母菌は「地霊」ならぬ「室霊」なのではないか。

東北における地霊とは何なのか。紙面が尽きた。次週に考えたい。

福島の花っこ

五月二日、「復興構想会議」のメンバーと、福島県の相双地区を回ってきた。

この地区は南相馬市など二市、双葉町など七町、そして飯舘村など三村から成る。今回の福島第一原発事故により、「避難指示区域」に設定されたり、一部を除いて各種の避難を命ぜられている市町村である。

佐藤雄平福島県知事が、

「原子力災害というものを感じて下さい。目に見えない災害というものを見て頂きたい」

とおっしゃっていたが、町にも村にも人っこ一人いない。静まり返っている。マスク姿で歩く老人を、大通りで幾人か見た程度だ。

地震や津波の被害と違い、家々は何ら壊れていない。門も塀もそのまま、路地も公園もブランコもそのまま。幼稚園もそのまま、通学路もそのままだ。なのに、人が消えてしまった。

私が何より衝撃を受け、そして、これはテレビでも新聞でも報道された記憶がないのは、

「花」だった。

町でも村でも里でも、春と初夏の花々が同時に咲き乱れている。

自生のタンポポ、菜の花は地面を黄色く覆い、クローバーは真っ白な絨毯《じゅうたん》。さらには自生の水仙やレンギョウが咲き、こぶし、椿、ぼけなどの花が山を彩り、桃、梨、山桜、花みずきもいっせいに青空に開いている。住人たちが植えたのだろうチューリップ、パンジー、芝桜も家々の庭や路地に満開。

空はまっ青な五月晴れ。渡る風は薫り、陽ざしはキラキラと降り注ぐ。そして行けども行けども花、分け入れど分け入れど花。昔からの五月のまんまなのに、人がいない。私はなぜだか突然「花っこ」という秋田弁が口をつき、つぶやいていた。

「誰もいなくなっても、花っこ咲いたんだ」

見る人が消え、喜ぶ人が消えても、何ら変わらずに健気《けなげ》に咲く花々に、「花っこ」という可憐な方言はよく似合う。

どこかには、餓死した牛馬や豚、犬や猫がいるのだろうか。彼らはなぜに突然、エサをもらえなくなったのか理解できず、町をさまよった。いつもと同じに美しい五月なのに、なぜ？　と。そして、そう思いながら死んでいったのだろう。

佐藤知事のおっしゃる「目に見えない災害」を、私は花と光があふれる五月の村里で実感した。「天」は美しく、「地」も美しい。「人」だけがいない。

人々は、見た目には何ら変わらぬ家や町を捨て、避難した。それを、頭では理解できても納得するのは難しいだろう。地震や津波でガレキと化した家々や町も理不尽だが、目に見えない災害というものは、納得するのが難しい。放射線量の数値をあげて避難を言われても、目に見えるガレキとは違う。

まして、期限も明確にされぬまま、とりあえずはすべてを捨てて避難せよ、健康第一だと言われても、捨てるものがあまりに大きい。政府は納得できるだけの根拠を開示することが絶対に必要だ。

そして、この見えない災害は、全国民が自分のこととしてとらえる必要がある。

菅総理が浜岡原発の停止を発表した日、ニュース番組が町の声を伝えていた。その時、名古屋の中年女性が、停止に賛成して言った。

「放射能、こっちまで来てほしくなァい！」

一言一句定かではないがこの内容で、このトーンだった。自分の住む地域さえ安泰なら、こういう人は福島も沖縄もどうでもいいのである。「中年」と呼ばれる年代まで生きてきて、この低レベル。

このレベルの人たちが言ったのだろう。たとえば、

「福島のゴミを持って来るな」と騒いだ川崎市の一部市民。

「会津へは修学旅行に行くべきではない」と風評に踊らされた仙台市民の一部。自分たちも被災を経験しているのにだ。

福島県ナンバーの車に「帰れ」と落書きした新潟県長岡市の人。同市の小学六年生女児は、福島から避難して来た同級生男児の腹を蹴って、腹部打撲で入院させた。学校は男児へのいじめを認め、市教委は「福島への差別はなかったが……」と謝罪した。

福島からの避難児童を、「放射能が伝染《うつ》るから、そばに寄るな」と仲間外れにした千葉県船橋市の児童。

避難者に「除染証明書を持って来い」と言い放った茨城県つくば市の役場。

数えきれない。これらは、目に見えない災害を我がこととしてとらえる能力がない人たちのものだろう。

考えてみてほしい。首都圏の人たちが使う電力は、福島県が担っていたのだ。「ゴミを持って来るな」と吠えた人のいる川崎市では、市民が冷房のきいた部屋で、冷蔵庫で冷やしたビールを飲みながらテレビで野球を見ていたはずである。それは福島からの電気のおかげだ。

また、数々の苦難をはねのけて、宇宙から帰還した「はやぶさ」に、日本中のどれほど多くの人たちが、

「元気をもらった」

「諦めない心を教わった」

と言ったか。「はやぶさ」を動かした電気も、福島が作ったものである。

ならば、今回の理不尽な事故を国民全体で共有し、今度は私たちが福島県民に「元気」や「諦めない心」を持ってもらうよう、お返しする番ではないのか。それを何が「放射能、こっちまで来てほしくなァい！」だ、いいトシこいて。

見えない災害は見えないだけに恐く、無責任な風評も流れる。それらを鵜呑みにせず、無意味な差別を恥じ、子供にも教えたい。

福島の人たちが、どんな気持ちで花っこの咲く家を捨てたか、想像してほしい。

東北の「地霊」について書くつもりが、また紙面が尽きた。来週に続きます。

整備しすぎた街の殺伐

被災した東北地方をどう復興させればいいのか。

それを考えた時、私は「地霊に逆らわない街作り」を思い、そして、国の「復興構想会議」でもそう言った。

「地霊」とは、その土地に棲む御霊《みたま》のことで、初めてそれを私に教えて下さったのは、東京・銀座の商店会幹部だった。銀座がさびれていた時代のことで、幹部はその原因として、

「銀座は水と柳の街なのに、街の中を流れていた運河を埋め、並木の柳を抜いた。地霊に逆らった街作りをしたからだとも言われるんですよね」

と語っておられた。

東北の地霊は何なのか。それは絶対につぶしてはならない「個性」のことだろう。運河も柳も銀座の個性だった。むろん、東北の各県、各市町村の地霊はそれぞれ違う。だが、「東北地方」として、決して壊してはならぬ共通の個性があるのではないか。

私は、全国各地において、万博会場のような街を作ってはならないという思いを強固に持っている。復興構想会議でもそう発言した。

つまり、便利で美しく、無駄がなく、清潔でコンパクト。そしてひたすら無機質。高層マンションやビルの灯が輝き、観覧車が夜空を攪拌《かくはん》し、全国どこの地方でも同じ顔をした大型ショッピングモールがある。

それが不思議に似合う都市もある。だが、東北の場合、それを「殺伐」と言わずに何と言うか。そんな街を作ったなら、東北の二次災害だ。

被災地の方々は、「ふるさと」という言葉をよく使う。テレビ等のインタビューでもひんぱんに耳にするし、「古里だから離れない」と、そのものズバリの見出しで、ふるさとへの想いを語った記事もある（『秋田魁新報』四月二十七日付）。

その記事では、被災者が、

「元さ、戻りたい」

と語り、これは周囲の思いの代弁だと書かれている。復興構想会議のメンバーと福島に行った際、佐藤雄平知事も、

「みんな、3月11日の前に戻りたいんです」

と語っておられた。

多くの方々が「ふるさと」という言葉を使うのは、「元に戻りたい」という思いの言い換えではないか。

そう気づいた時、私は部外者や「有識者」なる人々や政府が「復旧ではなく復興」と唱えがちであることに、疑問がわいた。現実に、復興構想会議でも、被災地在住のメンバーから、「復旧ではなく復興だと叫ばれると、従来の自分たちが否定された気になる。そう言う人たちは決して少なくない」

という発言が出た。

私はこれを聞いた瞬間、被災者の「ふるさと」は、「復旧」すべき地なのだと、我が意を得た気がした。

それは決して後ろ向きだの懐古的だのと言われる筋合いの話ではない。考えてみれば、ふるさとというものは変わらずにあって欲しい地であり、興《おこ》す地ではない。

「復旧」という考え方は、ごくまっとうなものであろう。

もしも、東北を整備しまくって、無機質で便利で美しい万博会場のような街にして、観覧車が夜空を攪拌していたなら、避難した人々は戻って来ないだろう。それはふるさとではなく、見知らぬ街なのだ。まして、利権がからんだワケのわからない街になぞ、断固してはならない。

ただ、宮城県が四月十一日に発表した復興計画の基本方針素案では、津波被害を受けた8市7町の「沿岸の原形復旧」は不可能としている。つまり、抜本的な再構築を余儀なくされ、復旧ではなく復興する必要があるわけだ。

こういう状況は、他の被災地でもあるはずだし、すべてを復旧するわけにはいかない。私は「復興」と「復旧」を使い分けて街作りができないものかと思っている。沿岸をはじめとする産業区域は復興を、そして居住区域はふるさとの復旧を、ということである。

産業区の景観や雰囲気が一変しても、居住区が以前のようなふるさとの姿であれば、人心は癒やされる。安らぎから活力が生まれる。産業区が一変し、もしも居住区までも、高層マンションの窓の外で観覧車がギラギラでは、長い避難に耐えた人々にとって二次災害以外の何ものでもない。

こう考えると、特に居住区は地霊に逆らわず、「ふるさと復旧」を目指すべきだと強く思う。とかく、コンパクトなエコタウンがいいとされるが、単にコンパクトではならぬと思う。

J・ジェイコブズは地方都市の理想的な形として、

「単一機能の街ではなく複数の機能を持たせ、近代ビルばかりでなく古い建物があり、子供・高齢者・企業家・学生・芸術家など多様な人々が住むコンパクトな都市」

としている。

この言葉のままとは言わずとも、この精神が「産業区の復興」と「居住区の復旧」には必要だ。

整備しまくった街は、息がつまる。私は特に居住区には、消えたふるさとのように路地をめぐらし、辻に立つ地蔵を戻し、草ボウボウの自然な広場を作り、無駄を排除しないのがいいと考えている。碁盤の目のような区画整理も不要。住所も「三陸東一-一」だの「三陸中央一-二」だのと「東西南北と中央」にせず、旧町名を復活させるくらいがいい。産業区が一変すればするほど、居住区は整備しすぎず、地霊に逆らわないことだ。

東北地方の共通した地霊とは、「水」「緑」「祭祀」だと私は考えている。「水」は海、川、湖などであり、「緑」は森、田畑、山などだ。「祭祀」は無形民俗文化全般である。これらに逆らわない街作り、次週でまた続きを書きたい。

記憶の風景

関西地方とか九州地方とか同じ地方であっても、各県市町村の個性はそれぞれ違う。だが、その地方に共通する個性というものもあるのではないか。そこを侵《おか》してはその地方でなくなるというような。

私はその土地に棲む御霊《みたま》、つまり地霊というものは、時代や社会が変わろうと、街作りの際に侵してはならぬものだと思う。それは個性をつぶすことであり、どこにでもある街になったなら必ず衰退するだろう。

東北地方における共通の個性は何か。圧倒的な水、圧倒的な緑、圧倒的な祭祀だと考える。「水」は海や川、湖等であり、「緑」は森、田畑、山林等だ。この場合、「祭祀」は祭りばかりではなく、信仰や年中行事等に関する風俗慣習、民俗芸能、民俗技術を含めた無形民俗文化である。「水」「緑」「祭祀」を侵さない街を再び作らないと、単に便利でコンパクトで、無機質な万博会場のような東北になってしまう。

私は東北大学の院生だった時、仙台で暮らしていたので東北六県を歩き回った。その時、ずっと昔に読んだ立原正秋の『風景と慰藉《いしゃ》』（中公文庫）の一節が強烈に甦った。立原は次のように書いている。

「日本は神なき社会といわれているが、考えてみると、この水と緑の豊かな風土でどんな神が必要なのだろう」

立原はこの文章を「日本」に当てはめて書いているのだが、私は、これこそ東北そのものだと、六県のどこでも思った。「水と緑の豊かな風土」は、侵すべからざる神であり、個性である。

それはむろん、昭和時代のような田園風景に戻せということでは決してない。ただ、「森は海の恋人」と呼ばれてきたように、豊かな緑と豊かな水は切り離せない。東北地方が農林水産業で生きてきたことを考えても、性急に山を削り、森を倒し、田畑をつぶし、生態系を無視した海や川の埋め立てによる造成をしては、東北地方を殺すことになる。

また、先日、復興構想会議のメンバーと福島を訪れた際、南相馬市の桜井勝延市長は、次のようにおっしゃった。

「相馬野馬追《そうまのまおい》は何としても続けなければならない。これは我々の尊厳に関わることなんです」

ああ、この一言が「祭祀」に関するすべてを言い表していると思った。

「相馬野馬追」は、相馬氏の始祖である平将門に由来する勇壮な祭りだ。将門が放した野馬を追い、武将たちが武芸を磨いたのが原点とされる。7月の最終土・日・月の3日間、武将が甦ったかのような激しい野馬追が展開される。

祭りの開催は、「我々の尊厳に関わる」という桜井市長の一言は、新しい街作りにおいて忘れてはならぬ方向を示している。

おそらく、外部の人間は、地域の祭りが「尊厳に関わる」とまでは思ってもみないだろう。しかし、相馬野馬追に限らず、岩手の大槌町の虎舞にせよ、北上市の鬼剣舞《おにけんばい》にせよ、そこに住む人々にとって「尊厳に関わる」ものなのだ。

街作りは、尊厳にまでは思い至らぬ外部有識者や国ではなく、地域が主体になるべきである。これは、復興構想会議でも「地域・コミュニティ主体の復興を基本とする。国は、復興の全体方針と制度設計によってそれを支える」と策定している通りだ。

「尊厳に関わる」という言葉からも、祭りが「地霊」であることに賛同できるのではないか。

東北に限らず、祭りは九州でも関西でも、その風土で育ち、伝えられてきたものだ。もしも、もしもだが、巨大な東京ドームのような近代的なスタジアムを作り、その中で相馬野馬追をやらされたなら、どうか。また、おしゃれな地下ホールやシアターで、鬼剣舞だの虎舞だのをやらされたならどうか。

いずれも、やってできないことはあるまい。だが、まったく別物になり、それは祭祀ではなくショーである。そうなれば、祭りはすぐにつぶれ、尊厳を傷つけられた人々は、その地を離れるか、覇気なく生きることになろう。

「水」と「緑」と「祭祀」は東北地方を司る地霊であり、やみくもに手を入れてはならないし、そうすることへの畏れを持つべきである。「水」と「緑」と「祭祀」が伸びやかに呼吸できるか否か。街作りにおいてそこをおさえるだけでも、万博会場のような殺伐に走らないのではないか。

5月21日に開催された復興構想会議で、建築家の安藤忠雄さんが、

「人々の『記憶の風景』を、どう表して復興させるか。これが大切ですね」

と発言された。

「記憶の風景」、この言葉には心打たれた。被災者がよく口にする「ふるさと」という言葉には、まさしく「記憶の風景」を懐かしむ思いを感じる。世界的建築家が口にされた一言に「水」と「緑」と「祭祀」が重なり、早くも心強く思った。

被災地の方々は強烈な誇りをもって街作りの是と否を発信してほしい。外部の「有識者」や国に対し、やられて困ることは冷静に理詰めでそれを言うべきだ。東北人を「我慢強い」

だの「隠忍」だのと言うのはやめてくれと、私は会議で言ったが、そんなものはほめ言葉でも何でもない。「扱いやすさ」の言い換えだと思ってほしい。誇りと冷静さをもって、東北人自らが復興の主体になることだ。

考えてもみよ。もしも京都が壊滅的に被災したなら、京都人が外部の人間や国の言いなりになるか？　絶対に、絶対にならない。東北人もそうあって当然だ。

もてない息子

読売新聞（五月二十一日付）の「人生案内」に、切実な人生相談が出ていた。

――見合い4回　息子「もういい」――

という見出しで、60代の父親が30代半ばの息子を案じた相談である。

父親の手紙には、

「息子は同年代に比べて背が低く、小太り気味。やや消極的な性格で、中学時代に女子を含むクラスのほぼ全員からいじめられました。いじめた相手と同じ高校には行かないと猛勉強し、その後まずまずの大学を経て大企業に就職できました」

と書かれている。父親と母親は、息子の性格からして恋愛結婚は無理と考え、見合いを勧めてきた。当初は乗り気でなかった息子も30代半ばを前にその気になり、4回試みたという。ところがうまくいかず、本人は「もういい」と、見合い話を拒否。父親は息子の将来を思い、悩んでいる。

この相談に対する回答者は、スポーツ解説者の増田明美さんで、一行目から明るく、

「お父さん、大丈夫ですよ。息子さんはきっといつか自分で自分に合った人を見つけます。今は、両親に勧められ、お見合いをしたもののうまくいかなかったので、自尊心が傷ついていると思います」

と答えていた。これによって父親はどんなに救われたことかと思う。

そして、増田さんは、

「背が低いことや、小太りであることなど関係なく、これまでの息子さんの努力や頑張りをみつめて認めている人は職場などに必ずいますから」

と続け、私も会社員経験者として、まったくもって増田さんに同感である。

とはいえ、やはり無視できないのは、「外見を磨く」という意識である。背が低いことや小太りは、それを生かす方向に磨けば、さほどのマイナスにはならない。むしろ個性にもなりうる。

だが、「人間は外見ではなく心だ」とばかりに、外見磨きに手をかけなかったなら、背が低いことや小太りは、女性にもてない大きな要因になる。

相談者の息子さんは、中学時代に女生徒たちからもいじめられたそうだが、彼女たちはまず間違いなく、

「キモイ」

と言って避けたり、あざけり笑ったはずだ。

かつて、『Shall we ダンス?』という映画があった。あの中で、私が何よりも感服したのは、登場人物に太った青年がいて、

「僕、女の子にキモチ悪いって言われるんです……」

と、繰り返し言っては、しょんぼりすることだった。

確かに女というもの、男に対して「キモチ悪い」と平気で言う。

今はもっとキモチ悪い「キモイ」という言葉になっている。

この「キモチ悪い」「キモイ」は、ハッキリ言って最悪の言葉である。映画の中で、太った青年にこのセリフを言わせたことで、彼の置かれている状況がすべてわかる。私は本当に感服した。

女というものはさらに、

「生理的にキモイ」

とまで平気で言う。それを口にする中学生には、その酷《むご》さがわからない。

30代半ばになった息子さんが、女の子とつきあうことや、見合いを成功させることを望むなら、まずは外見を磨くことだ。

本当の話だが、「背が低い」ことは、意外とマイナスにならない。むしろ、問題になるのは「小太り」である。小太りはいけません、小太りは。

だいたい、「小」がつく言葉は品がない。「小腹がすく」、「小意地が悪い」、「小洒落た」、「小利口《こりこう》」、「小賢《こざか》しい」、「小金《こがね》がある」、「小役人」、「小悪党」、「小手先」等々、「大」にはなりきれないいじましさと半端な悲哀。「小太り」もそれである。ちょっとそそられるのは「小悪魔」くらいだろう。

幸いなことに、背を高くするのは難しくても、小太りは努力で克服できる。

第一の「磨き」は、プヨプヨした頬や、タプタプした背中や、パツパツした腹の肉を取ることだ。そうなると小顔になり、アゴがシャープになり、首がすっきりする。だらしなくゆるんでいた背や腹がしまると、Tシャツの上からハッキリとわかった肉塊が消える。今にもちぎれて飛びそうだったシャツのボタンも、スキッと留められる。こういう体型になると、身長も今までより高く見えるものだ。

そして第二の「磨き」は、ファッションである。男性誌で学んでもいいし、おしゃれな友人にアドバイスしてもらってもいい。そういう友人がいなかったら、男性ファッション誌には必ず店名と住所が出ているので、その店に行く。そして販売員に、

「僕をカッコよく変身させて下さい」

とストレートに言う。絶対に力になってくれる。

私の男友達の一人も背が低く、小太りなのだが、すごくもてる。彼は小太りのまま、その体型を生かし、ファッションは徹底したトラッドである。「ブルックス・ブラザーズ」しか着ない。あそこの服はたいしたもので、小太りさえもプラスにする。

第三の「磨き」はヘアスタイルと小物。めがねや靴、ハンカチなどもプロに似合うものを指南してもらう。

この三点を磨くだけで、劇的に変わる。

古い都々逸では、「梅は匂いよ木立はいらぬ　人は心よ姿はいらぬ」と歌うが、それは方便。外見は大事なのだ。外見のマイナス要素は、磨くことで想像以上に変化するものである。

いかにいい心を持っていようと、ＡＣのＣＭのように「心は誰にも見えない」のだ。そのため、その心にたどりつく、その前に「キモイ」と避けられる。

自慢の心までたどりついてもらうためにも、外見を磨くことだ。

この言葉、やめませんか

　今回の大震災で、私たちはこれまでの生活や、生き方や考え方等々、たくさんのことを反省し、考え直させられた。そして、改めて日本のよさや日本人のよさに思い至り、「日本が好き」と思った人も多いのではないだろうか。

　私の周囲では、特に若い人にそれが顕著だ。今回の震災は、若い人に内在していた逞《たくま》しさ、優しさを顕《あらわ》にし、かつ彼らを大人にしたと思う。

　であればこそ、今こそ、日本語についても考える潮《しお》だ。一気に「美しい日本語」とまではいかなくとも、せめて「不気味な日本語」をやめることから始められないだろうか。

　私自身もひどい言葉を遣っているはずだし、それを不快に思っている方々もあろう。自省をこめて、以下は即刻やめるべきと思う不気味な日本語である。

・かな

　これは「どっちにしようかな」の「かな」ではない。断定すべきところに「かな」をつけるのだ。断定はきつく受け取られるので避けているにせよ、断定すべきところをしない人には、誠意も自信も感じられない。

たとえば、原発事故について説明する東京電力の社員をニュースで見た。

「(冷却して)温度が下がってくれればいいかなと思う」

何なんだ、この「かな」は。冷却が必須で、それはさんざん伝えてきたことだ。なぜ断定しない。自信がなくて無責任だ。

一方、有名俳優の葬儀でその友人のコメント。

「また名優が一人召されていったのかなと思うと残念です」

この「かな」は何なの?

また、石勝線《せきしよう》のトンネル事故で、JR北海道の会見。

「もう少し早く判断すれば、安全に避難させることができたかなと反省している」

こんなところに「かな」をつけて、何が「反省」か。

恐いことに、「かな」は伝染《うつ》る。今や当たり前に遣う人が非常に多い。私の男友達が遣っているのには、がっかりした。彼を映画に誘ったら、

「その映画はピンと来ないので、パスしたいかな」

だと。

・カタチ

これも最悪。これも伝染る。そのため、今やみんな当たり前に遣っている。

5月のある夜のニュース番組で、震災時の帰宅難民の特集を組んでいた。ひたすら自宅へと歩く人たちに、町の八百屋さんがナメコ汁をふるまったそうだ。それに力づけられた人の言葉。

「ナメコ汁飲んで、また頑張ろうってカタチで」

ここに「カタチ」はいらないでしょ。他にも、

「元気に前を向こうかなというカタチで頑張ります」

「娘にはお受験させないカタチで、公立進学というカタチを考えています」

不要な「カタチ」「カタチ」はやかましい。

・よろしいですか

何かを頼む時、今や「よろしいですか」ばかりだ。

たとえばレストランで、客が「お水よろしいですか」と言う。

「お水下さい」でしょ。

電話をかけると、

「お名前よろしいですか」

と言われ、書類を出すと、

「ハンコよろしいですか」

とくる。買い物をすると、店員が、

「以上でよろしかったでしょうか」

アナタの言葉がよろしくない。

・様

何にでも「様」をつける風潮に、当初は誰もが異を唱えた。「患者様」、「ご住所様」、「お名前様」等々、誰もがヘンだと思えばこそ、異を唱えた。

だが、恐いことに、人は慣れる。「かな」にも「カタチ」にも「よろしいですか」にも慣れた今、もっと昔から遣われていた「様」は市民権を得ている状態。

「様をつけて敬意を表しているんだからいいのよ」と思うのか、あるいは得意の「言葉は生き物。時代によって変化して当然」というステレオタイプの詭弁を鼻高々に弄してのことか。


6月のある夜のニュース番組で、サマータイムの導入について特集を組んでいた。すでにそれを導入した会社の男性社員は、

「常連様の時間に合わせまして導入しました」

と語った。そのコメントは画面にテロップで表示されたのだが、彼は「常連様」という言

葉を二度口にした。しかし、テロップは二度とも「常連客」となっていた。

常連という言葉に「様」をつけるのはおかしいと、テレビ局でも思っていればこそ、「常連客」と直して表記したのだろう。

残念なことに、こんなひっそりした直しでは、もはや火の手は止められない。テレビは、腐乱状態の日本語だけでもやめさせるバラエティ番組を作れないものだろうか。腐乱の原因の一端はバラエティにもあると私は思っている。是正する責任を果たしてほしい。

私は以前に、

「ここにお電話番号様をお書き下さい。お電話様はケータイ様でも結構です」

という言葉を聞いた。ここまで腐乱した今、「言葉は生き物」ではすまない。

・そうなんですね

あいづちである。

「子供の頃、この辺でよく遊んだものです」

「そうなんですね」

「僕の母は教師でした」

「そうなんですね」

「ここのかき氷、うまいんだよなァ」

「そうなんですね」

あいづちは確かに難しい。著名なキャスターでも「なるほど」ばかりだったりする。だが、「そうなんですね」と「なるほど」を連発するのは相手に失礼である。

一回ではすべて書き切れなかった。来週、もう一回おつきあい、よろしいですか。

続・この言葉、やめませんか

前回、自省をこめて、こんな不気味な言葉を遣うのはやめませんかと、列挙した。前回も今回も私自身が気に障《さわ》る言葉であり、読者の皆様は他の言葉の方が障るかもしれない。言葉に対する感覚は個人によって違う。読者の皆様はどんな言葉が不快だろう。

・大丈夫ですか

前回、何か頼む時に、何にでもかんにでも「よろしいですか」と言うのは不快だと書いた。「ハンコよろしいですか」「お名前よろしいですか」の類《たぐい》だ。この「よろしいですか」は、本来「頂けますか」と言うべきところで遣われるようだ。

一方、「大丈夫ですか」は、本来「よろしいですか」と言う場面で、遣われている。

例えば駅弁を買うと、店員は、

「お茶は大丈夫ですか」

と言うし、パーラーではウェイトレスが、

「コーヒーのお代わり、大丈夫ですか」

だ。「大丈夫」というのは、「しっかりしているさま」「あぶなげのないさま」（広辞苑）という意味であることを考えると、昨今の「大丈夫ですか」の乱用はおかしいと思うはず。

コラムニストの天野祐吉さんは、一万円札で勘定をする際、

「一万円からで大丈夫ですか」

と言われたと書いていらした。

・的

東京電力は、津波が福島第一原発を襲った瞬間の写真を公開し、

「高さ的に見ましても」

と説明した。何と、「高さ的」ときた。公式会見で、こういう事態を説明する時、「的」はないだろう、「的」は。だが、今や「的」は当たり前に、何にでもつける。恐いことだ。もしも、東電が、

「会社的には原発は安全としており、事故が起きるとは気持ち的に想定外でございました。専門家的には改めて説明がありますが、まず現場的には……」

と言っても、ヘンだと思わない人がふえているのではないだろうか。

私は以前、「カクテキ」と言われて、てっきり韓国の漬物かと思ったら、「格的」、つまり

ランクのことだった。

・〜してあげる

「できあがった料理は、熱いうちに盛りつけてあげて下さい」

「猫のオシッコは、きちんと処理してあげましょう」

「雑巾はよく洗ってあげて、日干ししてあげてね」

「あげる」は広辞苑によると、「与える」「やる」の相手を敬った言い方である。「あげる」を乱用する人は、おそらく、敬意をこめているのだろう。言葉に優し気な雰囲気も出る。とはいえ、料理にも猫のオシッコにも雑巾にも、やみくもに「あげる」と敬意を表するのはヘンである。


以前に、子供の虐待だったか何かの事件を起こし、犯人となった母親に、道行く女の人がコメントした。


「お母さんを責めてあげたらかわいそう」

「犯人」へ、「責める」という敬いようのない言葉に「あげる」をつける。落ちるところまで落ちた。

・〜させて頂く

これは政界でも過剰に遣う。前首相がその典型。

「首相を拝命させて頂き、マニフェストについてお話しさせて頂きます。国民の皆様のお声を反映させて頂き、四つのご提案を示させて頂くことにしました」

の類である。相手への感謝と、へりくだる自分を伝えたいのだろうが、政治家は言葉で感謝やへりくだりを示すより、行動で結果を示すべきである。

政治家でなくとも、無理に遣うためか、おかしな言い方になる場合も目立つ。

「夕食を召し上がるかと聞かさせて頂き……」

「皆様のおかげで大舞台に立たさせて頂き、今日まで生きれてよかった」

「さ入れ」と「ら抜き」に慣れてはならない。

・平板なアクセント

いつからだろう。多くの言葉のアクセントがフラットになった。特に外来語に多い。新幹線では、

「携帯電話はデッキでお願いします」

とアナウンスされるが、「デッキ」は「丁稚」と同じアクセントだ。大学の「ゼミ」は「蟬」と同じである。

例えば、**ボ**ックス、**ジ**ャージ、**ペ**ーパー、ディ**レ**クター、**サ**ンプル、**ニ**ーズ、**モ**デル、デ**ザ**イナー等々、今は平板に言うのが普通。かつては太字にアクセントがあった。

この言い方はさほど問題ではないとも思うが、過剰である。六月のある夜、NHKのニュースキャスターが、「サポート」を「天鵞絨《ビロード》」と同じアクセントで、平板に言っていた。言葉にうるさいNHKのキャスターなので、平板は今や正しいのかもしれない。だが、これまでの「教育テレビ」を「Eテレ」と変更するセンスのNHKですからねえ。正しいとは言えない気もするわ。

その昔、国鉄が民営化された時、「有識者」なる方々が集まって、「国電」に代わる名を決めた。それが「E電」！「E電」よ、「E電」！あまりの恥ずかしさに国民は誰も口にせず、自然に「JR」と呼ぶようになった。NHKはこれを学習すべきであった。

「言葉は生き物。変化するのが当然」と言う人は多いが、変化してすっかり市民権を得た言葉の多くは汚い。「マジ」「なにげに」「やっぱ」「ヤバい」「エッチする」「キモイ」「ハンパない」等々だ。

かつて、漫画家の黒鉄ヒロシさんと話している時、

「その時、僕は弁当遣《つか》ってたんだよ」

と言われた。「弁当を遣う」という粋な言葉、今では死語だなァと思った。「香を聞く」とか、美しい日本語を死なせたくない。

あっちゃんの挨拶

アイドルグループ「ＡＫＢ48」の総選挙、つまりファン投票だが、第3回目の今年は１１６万票以上が集まったという。計１５０人のアイドルに順位をつける票だ。

そのトップになったのが「あっちゃん」と呼ばれる前田敦子さんである。昨年の総選挙で大島優子さんに奪われたトップの座を、今年は奪回した。

私はその開票風景をテレビの芸能ニュースで見ていたのだが、19歳のあっちゃんの挨拶にはうなった。これは並の女の子が言えるものではない。

開票イベントは日本武道館を超満員にして行われ、日本全国の映画館86館と、香港、台湾、韓国の映画館7館でも中継。そんな中でトップが発表され、彼女は号泣しながらステージに上がった。大島優子さんとの間で熾烈《しれつ》なトップ争いが展開されていただけに、感激と嬉しさと、もう色んな感情でグチャグチャになっていたはずである。

しかし、彼女はステージで開口一番に言ったのだ。

「私のことが嫌いな人もいると思います。でも、ひとつだけお願いがあります。私のことは嫌いでも、ＡＫＢ48のことは嫌いにならないで下さい。皆さんに少しでも認めてもらえるように、私なりに頑張っていきます」

あの状況の中で、この挨拶。体をふるわせて泣きながら、19歳の女の子が咄嗟《とっさ》にこう言う。あれは本当に心からの叫びであり、願いだろう。テレビを見ている私までがウルウルしてきた。あっちゃん、みごとである。

私が何より胸にしみたのは、「世間では簡単にアイドルと言うけれど、この子たちはこんなにも社会に鍛えられているんだなァ」という、ある種の切なさだった。まだ19歳の女の子が、あの大舞台で、あの心理状態で、咄嗟にあのように言う。社会に鍛えられていなかったなら、できるものではないだろう。

「社会」というのは、広範囲にわたるが、例えばネット社会もそのひとつである。

おそらく、推測ではあるが、あっちゃんが自分を嫌う人たちのサイトや書き込みを、かなり多く目にしていたことは考えられる。そこにはきっと、誹謗中傷もあったはずだし、「ここまで言うか？」と思う内容も書かれていたかもしれない。

こういうものは、圧倒的多くが本名は使っていない。どこの誰が書いたものかわからない。つまり、自分は姿を隠し、絶対にバレないようにしながら、相手に切りつけるのである。相手は顔も姿もすべてさらしているのにだ。

姿を見せない場合、安心感からか、言葉がエスカレートする。もう十分に切りつけているのに、もっと激しくやってやれとなる。それが快感になっていく。

もちろん、あっちゃんに限らず、どのアイドルも所属事務所が懸命に守り、理不尽なめに遭わせないよう必死でガードしているはずである。だが、ネットばかりはどうにもならない。事務所がどんなにガードしようが、本人が幾らでも見ることができる。本名を明かさぬ書き込みを読むことは、卑怯な怨霊の前に一人で姿をさらすに等しい。

また、週刊誌には第1回目の総選挙の時に、あっちゃんが傷つけられたということも書いてあった。順位の発表は下位からされるわけだが、第2位発表の時に、アンチファンから前田コールがわき起こったのだという。つまり、アンチファンが絶対に1位にしたくなく、「さァ、2位の発表だ。前田だ、前田だ」という思いで前田コールした。当時は17歳であった彼女が、「ああ、私は嫌われている」と思ってもおかしくはない。加えて、仕事の悩みやプレッシャーもあろう。躍進してくる後輩や同僚の活躍に、思うところもあろうし、結果が出せない場合のつらさもある。

そんな中で再び立ち上がるには、自分の力しかない。家族や友人や多くの人の支えがあるにせよ、やはり最後は自分自身の力である。自分を鼓舞し、自分を慰め、自分を意味づけし、自分で立つ。10代の少女がである。

あっちゃんはまた、次のようにコメントしている。

「たくさんの人に支えて頂きながら、この1年、どこかで孤独と闘いながら生活してきました」

19歳が身を置くこれら一連の状況を、「鍛えられた」と言わずして何と言うか。

「私のことは嫌いでも」という言葉は、立ち上がるまでの苦しいプロセスを集約しているように思う。

社会に出れば、誰しも多かれ少なかれ鍛えられる。だが、アイドルであれ、スポーツ選手であれ、国民的スターの鍛えられ方は厳しく、一般人とは別物だと思う。それがたとえ、自分で選びとった仕事であっても、時には「世間は私に牙をむいている」と思うだろう。

AKB48の総選挙でも、色々と言う大人たちはいる。それを自分の中でどう乗り越えるか、あがくのだ。

今回のあっちゃんの挨拶に、もしかしたら一番共感しているのは、貴乃花親方と亀田興毅選手かもしれないと、ふと思った。

二人とも「挙国一致」という激しさで叩かれた。

まだ二十歳そこそこだった彼らには、対処不能の重さだったろう。もちろん、本人たちにも悪いところはあった。だが、あの逆風の中でよくぞつぶれもせず、再び立ち上がったものだと思う。

今、いい仕事をしている二人は、あっちゃんの挨拶に思っているかもしれない。

「あの頃、私のことは嫌いでも、相撲は嫌いにならないでと言いたかったなァ」

「ワシのことは嫌いでも、ボクシングは嫌いにならんでな。今でも言いたいワ」

バンタム級維持の秘密？

久々に会う人たちの多くが、私を見て、

「病気してやせて、リバウンドしませんね」

と言う。女友達どもに至っては憎々し気に、

「何よ、リバウンドしてないじゃない。どっか悪いんじゃないの？　普通、病気して2年半もたってんだから、リバウンドするわよ」

と毒づく。親戚の者たちまでが口々に言う。

「ふーん、リバウンドしないね。何で？」

そう、ここで大切なのは誰もが「リバウンド」という言葉を遣うことだ。つまり、「元に戻る」という意味であり、この一言から、かつて、私が多くの方々からデブとして見られていたことがわかる。

なのに、私の救いようのないところは、自分がデブだとは思ってもいなかったことである。

というのも身長が20代の頃は167センチあり、今では少し縮んだと思うが、同年代の中では長身だ。そのため、自分はもとより、他人の目にもデブとうつっているとは考えたこともなかったのだ。

ところがある時、プロレスラーの武藤敬司さんと雑誌で対談し、後日、校正紙が送られてきた。写真も入っていたのだが、それを見てぶっ飛んだ。

私って、私って、こんなにデブだったの？　初めて現実を知った。

ハッキリ言って、写真の私はヘビー級プロレスラーの武藤さんより、デカかった。顔は巨大、腕はパンパン、三重アゴは首に埋まっている。武藤さんの方がずっと小顔である。

私が秘書のコダマに、

「この写真、どれもこれもひどすぎるわ。編集部は失礼よ。別のカットも見せてほしいと言って。イヤよ、プロレスラーよりデカイ女なんて」

と言うと、彼女も口には出さねど同じことを思っていたのだろう。すぐに編集部にお願いしてくれた。

そして数日後、新たに送られてきた膨大な写真を見直し、コダマが断言した。

「校正紙に出ていたのが一番やせてます」

神よ！　私も同じことを感じていたのだ。武藤さんよりデカく写っていたのが、一番やせていた。コダマはしみじみと言った。

「編集部は失礼どころか、一番いいのを選んでくれたんですね……」

神よ！　一番よくてアレかい。私はこの時、初めてダイエットに真剣に取り組もうと思い、久しぶりに体重計にのった。

詳しくは書きたくもないので、プロボクシングに喩える。たとえば男子の場合、選手の体重によって、17階級に分けられているのだが、私がのった体重計はウェルター級の数字を表示していたのだ。この級は63・50キロ以上66・68キロ以下で、17階級中11番目の重さだ。当然、圧倒的に外国人や黒人選手が強い。

やせていると思い込んでいた私は、奈落の底に突き落とされた。

しかし、友人たちからレクチャーを受けたダイエットを試しても、太る一方。何しろその頃は東北大の院生で、夜は仙台の国分町で飲んでばかり。朝と昼は学食で若い学生と食べまくっており、一階級上のスーパーウェルター級（66・68キロ以上69・85キロ以下）に突入する始末。

さすがに洋服も入らなくなり、コンニャクドリンクを飲み、2年がかりで何とかライト級（58・97キロ以上61・23キロ以下）まで落とした。

そんな時である。岩手県盛岡市で急性の心疾患に襲われ、岩手医大病院に搬送されたのは。

すぐに緊急手術を受け、入院中は毎日、看護師さんに体重を測定された。すると何と、ミニマム級まで落ちているではないか。これは最も軽い階級で、47・62キロ以下である。

40キロ台は20代前半以来だ。私は自分の人生の中で、40キロ台の日が再び来ようとは思ってもいなかった。ところが、20代の40キロ台と違って、体に力が入らない。それはそうだろう。若くもない上、20キロ前後の一気の減量は病気によるものである。当然、筋肉も落ちている。

やがて、点滴から普通食になると、体力も気力も体重もみるみる増加した。そして、退院時には50・4キロ。以来、今日までずっとバンタム級(52・16キロ以上53・52キロ以下)で安定している。かつて突入したスーパーウェルター級へのリバウンドはない。

友人たちに、

「何でよッ。どっか悪いんじゃないのッ」

と毒づかれるのは、ホントに快感。女優でもモデルでもない私が太ろうがやせようが、どうでもいいことだが、バンタム級になると、確かに体が軽い。動きやすい。身長と体重の割合を計算すると、私の身長ではバンタム級はやせすぎなのだが、何だか体に負担がかからないように思う。店頭でどんな服を試着しても、ほとんどの服がサッと入るのも本当に嬉しい。

病気以来、定期健診は怠りなくやっており、今のところ、どこも悪くない。ワインもビールも普通に飲んでいるし、外食も少なくはない。

心臓はとりあえず完治に近いため、主治医から運動の許可も出ているが、以前のようにベンチプレスなどとは無縁。ほとんど何もやっていない。

それでもリバウンドしない理由は、幾ら考えてもわからない。高校生くらいまでガリガリにやせていたので、体質かとも考えたのだが、ふと思い当たったことがある。もしかしたら、しっかりと米飯を食べているからではないか。

すると、雑誌で医師たちが米飯を推奨している記事を目にし、やっぱり……と思った。来週、続きを書く。

米飯でバンタム級維持

前回、私の体重がリバウンドせずにすんでいるのは、きっちりと米飯を食べているからではないかと書いた。

私は二〇〇八年十二月に急病で緊急手術、三か月の入院をしたのだが、実は入院前の最大体重は、男子のプロボクシングにたとえるならば、スーパーウェルター級（66・68キロ以上69・85キロ以下）に突入していたのだ。

それが入院中はミニマム級（47・62キロ以下）まで落ちた。ところが筋肉も落ち、体力も落ちてフラフラ。

今、退院後二年半がたとうとするが、バンタム級（52・16キロ以上53・52キロ以下）の範囲内で安定している。

なぜリバウンドしないのかと、よく訊かれるのも当然で、何しろスーパーウェルター級時代に健康診断で甲状腺のチェックを勧められた際、それを聞いた母が言ったのだ。

「あら、イヤだ。甲状腺が腫れてると思われたんじゃないの？　単に太ってるだけなのに」

実母にも見放されたデブだったのである。

なのにリバウンドしないのは、炭水化物を、特に米飯をしっかり摂っているからとしか考えられない。もっとも、炭水化物を控える食事でダイエットに成功した人は多く、本も出版されている。

最近ではロイヤルウェディングで、その美しさに世界中が圧倒された英国のキャサリン妃。彼女は炭水化物を控える「デュカン・ダイエット」といわれる方法で9キロ痩せたという。

私は退院する時、医師から言われた。

「きちんとバランスよく食べて、太らないように」

太ると心臓に負担がかかるからだ。

さて、どうすればいいのか。私はダイエットや栄養に詳しくないものの、「体重が減ればいいというわけではない」とか、「筋肉が増えて体重が増えるのはいいが、脂肪はいけない」とか、その程度は知っている。

また、バナナとかリンゴとかキャベツとか、一種類中心に食べるダイエットはよくないと聞いたこともある。

だが、考えてみれば一種類中心だから痩せるのだろう。短期間ならバランスが悪かろうが、一種類中心でも炭水化物を控えるでも、いいのではないか。そう思ったものの、確信は持てない。

やがて、「そうだ、病院食と同じにしよう」と思い当たった。病院食は栄養士の管理のもと、バランスがいいに決まっている。入院中の私の場合、一日1600キロカロリーで、主食から果物まで色んなものが出てきておいしかったし、しっかりと食べごたえがあった。さらに、全然動かずに寝てばかりいたのに、太らなかったではないか。そうよ、病院食だわ！

病院食で何より印象に残っているのが、炭水化物をしっかり摂ることだった。毎回白いごはんが165グラム。大ぶりな飯茶碗に、たっぷり一膳あった。ごはんは50グラムで80キロカロリーだというので、これだけで一日792キロカロリーだ。

私は普通食になった当初は食欲がなくて、主食はすべて麺類にしてもらっていた。うどんやソウメンだとツルツルと入る。病院では麺類もごはんに換算しているのか、たっぷりとあった。炭水化物を十分に摂らせることで、患者に持久力をつけさせる狙いがあったのかもしれない。

それをそのまま、退院後の私に当てはめるのが正しいかはわからないが、とにかく米飯を中心にして、魚、野菜、豆の食事にしてみた。おかずの量は病院食と同じくらいにし、多くはない。肉は鶏が多かったので、そのようにしたが、中心は魚である。米飯は白米と玄米を交互にし、秋田の稲庭うどんの出番も作った。私はどうしても牛乳が飲めないため断っていたが、病院では朝食に牛乳がつく。

退院以来、これを続けて二年半、バンタム級から動かない。外食では食事もお酒もセーブしていないにもかかわらずだ。

私にはその理由がよくわからないのだが、炭水化物をしっかり摂るとお腹がすかないため、間食しなくなる。それだけは確かだ。

『女性セブン』では日本肥満学会の大川隆裕医師がデュカン・ダイエットを、

「日本人は野菜や穀類中心で進化してきたため、肉食中心で進化してきた欧米人と消化器官に違いがあります。このため、日本人がこうしたダイエットを行うと、強いリバウンドや栄養障害を引き起こす可能性が強いと思われます」

と語っている。

13年ほど前、雑誌で対談した島田彰夫・宮崎大教授は、亡くなるまでずっと「人間の食性」の研究を続けてこられた方である。ヒトはどういうものを食べるのが一番体に合うかという研究だ。

対談の席で「日本人は穀類を基本にして、デンプンをたくさん摂れ。それを中心にして、その周りに豆類、季節の野菜、タンパク質があると考えよ」ということをおっしゃっていた。

病院食はまさにこれではないか。

島田教授はさらに、「ごはんと味噌汁は、今食べている量の三倍にし、おかずは三分の一にせよ」と語り、「昔はそういう食事だったが、肥満はおらず、体力があった」と断じておられる。

また、『女性セブン』では伝統食の研究家の幕内秀夫さんが、「ごはん8割、おかず2割」の弁当を推奨し、「主食をごはんに変えれば食生活は向上する。ごはんは脂質が微量であり、消化吸収に時間がかかるため、インスリンの消費ペースが緩《ゆる》く、肥満になりにくい」とおっしゃっている。

むろん、炭水化物を控える方法が合う人たちもいると思う。ただ、私の場合は「米飯をしっかり摂取」が、どうもバンタム級維持の理由のようだ。

イタツって知ってる？

「イタツ」とは何のことか、おわかりになるだろうか。

今から5、6年前、私が何人かの若い女の子たちと話している時のことだ。どんな話からそこに行きついたのかは忘れたが、彼女たちが言った。

「イタツとかってェ、漫画になってるよね」

「イタツはズルしたってかァ、何かそれってなかった？」

私には何のことかさっぱりわからず、「コタツ」か「イタチ」の聞き違いだと思った。こんなギャルたちはコタツは縁がないだろうから、『サザエさん』等の漫画で見たのだろう。イタチなら狡《ずる》いというイメージがあるので、「ズルした」もわかる。が、どうも話がかみあわず、私は訊いた。

「ね、イタツって何？」

「ヤッダァ！　内館さん知らないんですかァ、イタツ」

「うん。何？」

「平安時代の戦争ですよぉ。イタツセンソー」

別の一人が訂正した。

「平安じゃないよぉ。鎌倉とか明治だよ」

鎌倉と明治では全然違う。

何なんだ、イタツセンソーって。その時、突然気づいた。戊辰《ぼしん》戦争だ。彼女たちはたぶん「戊」を「威」と同じに読んだのではないか。そして十二支占いなどでよく目にする「戌《いぬ》」と「辰《たつ》」だと思い、「イタツセンソー」と言ったのだと思う。

私は優しく、

「読みにくいよねえ。でもそれ、ボシンって読むの」

と言うと、みんな声をそろえて一斉に、

「ウソーッ。何それェ」

だと。ウソと言われてもねえ。困るんだわ。

私はその頃、東北大学の院生として仙台で暮らしており、基本的に仕事は休んでいた。そのため、東北六県をよく歩き回ったし、東北の歴史などをゆっくり学ぶ時間もあった。そんな中で、「東北って何か損をしているなァ。根性も反骨心も倫理観も能力も抜きん出ているのになァ」と思わされることがたびたびあった。

そんな時に、東京で「イタツ」の彼女たちと会ったのだ。東北の子たちは「イタツ」とは言うまいが、彼女たちは力一杯に「鎌倉とか明治」と言う。ただ、都立高校の場合、平成23年度までは日本史が必修でないため、知らなくても責めるわけにもいかない。母国の歴史については、ものすごく詳しい「歴女」と呼ばれる歴史女子と、イタツ女子に二分化されているのかもしれない。

この時に私は心に誓ったのだ。「大学院を終えて仕事に復帰したら、真っ先に『白虎隊』を主人公にして戊辰戦争を書く」と。

ラッキーなことに、テレビ朝日の内山聖子プロデューサーも「白虎隊」をやりたいと、かねてから企画を温めていたそうで、ただちに制作に入ったのである。

そして2007年の正月特別ドラマとして、2夜連続で5時間という大作が放送された。

私と内山プロデューサーが特にこだわった2点は、

「イタツ女子たちが見ても、すぐにわかるような脚本を書くこと」

「イタツ女子たちが見たくなる人気スターをキャスティングすること」

であった。

結果、白虎隊士には女の子たちに絶大な人気を誇るジャニーズの山下智久さん、田中聖さん、藤ヶ谷太輔さんをはじめ、美少年が顔をそろえた。そして背後をガッチリと固めて下さったのが、薬師丸ひろ子さん、野際陽子さん、小林稔侍さん、浅野ゆう子さん、伊東四朗さん、渡辺いっけいさん、高嶋政伸さん、東山紀之さんらキラ星の如き俳優陣だ。これならきっと、家族そろって見てもらえる「イタツセンソーもの」になる。

その思惑通り、2夜とも視聴率は他局をおさえ、17パーセントを超えたのである。

……と前置きが長くなったが、この「白虎隊」が再放送されることになった。

私はテレビ朝日の会議で、

「今こそ『白虎隊』を再放送し、福島県民がどれほどすばらしいDNAを受けついでいるかを、知らしめてほしい」

と発言したが、番組編成の問題等もあり、そう簡単にはできまいと思っていた。それがたちどころである。内山プロデューサーから、

「これで福島の人たちが少しでも元気づけられるといいね」

と電話が入り、私は、

「よその県の人たちが、福島ってすごいんだ、少年までがこんなに頑張ってくれたんだってわかってくれるといいね」

と言った。ただちに再放送を決めてくれたテレビ朝日にも、そんな気持ちがあったのだと

思う。

ご承知の通り、白虎隊は会津藩の17歳前後の少年たちの集団である。現在の高2、高3くらいだ。また、福島には二本松少年隊もあり、こちらは12歳前後の少年が中心である。小6から中1という年齢。白虎隊も二本松少年隊も、愛する故郷のために敵に立ち向かったのである。

先のイタツギャルが、「ズルしたってかァ」と言っていたのは、会津藩がズルされた局面を、カン違いしたのだろう。

今、福島は戊辰戦争以来と言えるほどの難局にある。戊辰戦争では裏切りや痛いめに遭い続け、終盤は会津は単身で戦い、敗れた。それを再放送のドラマでご覧頂き、今回は絶対に福島だけに戦わせてはならないと、国民全体の問題だと、そう思って頂けたら、こんなに嬉しいことはない。

最近の教科書

皆様は、子供や孫が学校で使っている教科書を見たことがおありだろうか。見たなら、圧倒的多くの人がびっくりするはずだ。

表紙も本文もオールカラーで、それはそれはきれい。「総天然色」なんぞと言っていたジジババ世代なら、

「えッ、これが教科書？」

と、ボー然としよう。数学から保健体育まで、全教科書が総天然色なのだから。

その後、ボー然からやっと立ち直り、少し落ちついてもう一度ページをめくると、信じられないものを見る。そう、教科書には漫画やマスコットキャラクターが描かれているのだ。出版社によって多少の違いはあるが、たとえば腕組みをしている男子中学生が描かれ、

「この算式は難しいな」

などとセリフがついている。隣には、のぞきこんでいる女子中学生が描かれ、冷や汗まで

ちゃんと流れ、

「yの値をどう求めるかがカギよね」

　とセリフがついていたりだ。この例も、他に挙げる例も、すべて私が作ったもので、実際の教科書に載っているそのままではない。ただ、こういう現状である。

漫画はかなりひんぱんに登場する。たとえば、ウィンクした男生徒が、

「わかる？　ここが大切」

と自慢気だったり、女生徒が人さし指を立てて、

「別の角度から考えて」

と微笑んでいたりする。

つまり、文字や写真とは別に、漫画でポイントを示していると考えていい。

また、マスコットキャラクターも同様な役割である。擬人化された「ゆるキャラ」が多く、色んな表情で、

「哺乳類の特徴、よく覚えておいてね」

「その薬品を混合するのは×！」

などとポイントを説明。

ジジババ世代には、教科書に漫画や「ゆるキャラ」が出てくるなんて、発想さえできまい。

これらは、何とか「教科書」という重く堅いイメージから脱却し、少しでも楽しく明るく学ばせたいと考えた、工夫の結果だろう。

さらにびっくりするのは、豊富な写真と図表、イラストやグラフである。もちろん、総天然色だ。ジジババ世代には考えられない枚数で、これもわかりやすくするための工夫だろう。

工夫はまだある。出版社や教科によっては、文字も黒一色ではない。大切なところは赤や青や緑色の字になっていたり、太字になっていたりする。アンダーラインやサイドラインが引いてあったりする。

また、英語などは本文に出てきた単語に、カタカナでルビを付記しているものも少なくない。たとえば、「ｄｏｇ（ドッグ）」とか「ｆｌｏｗｅｒ（フラワー）」とかだ。そして、同じように単語の意味を付記している場合もある。「ｄｏｇ（犬）」とか「ｆｌｏｗｅｒ（花）」とかである。

これもジジババにはびっくりだろう。昔は重要と思うところを自分で見つけ、自分でアンダーラインを引いていた。カタカナでルビなんてありえなかったし、単語は自分で辞書を引いて意味を調べた。

私は東京都教育委員として、文科省の検定を通った中学・高校の全教科書に、すべて目を通す。そして細かく比較検討する。各教科のベストな一冊を採択する会議があるからだ。

そのため、本当に実感させられるのだが、これほどまでに、現在の教科書は工夫され、柔らかい雰囲気の明るいものになっているのである。今も、平成24~27年度に都立中学校等で使用する教科書の採択準備に入っているのだが、私はここ十年ほど、内容とは別の部分で、教科書に懸念を抱いている。

採択会議でも毎回のように言っているのだが、あまりにもレイアウトが騒々しいのである。オールカラーの写真をもう所狭しと並べ、漫画を入れ、ゆるキャラを入れ、文字の色まで変えているのは、「工夫」ということは重々承知していても、あまりにうるさくて、肝心の内容が頭に入りにくい。

見ていると、不要な写真やイラスト、漫画がかなりあることに気づく。「地図帳」の海の部分に船のイラストや、南極にペンギンのイラストなどが必要か？「保健体育」の教科書に、サッカーボールやランニングシューズなどのイラストが必要か？「書写」の教科書で毛筆の練習に関するイラスト、写真は必要だ。だが、賀状を配達している写真は必要か？

生徒のレベルをなめているか、媚びているとしか思えない。大きな写真の上に小さな写真や切り込み写真を何枚も重ね、イラストや漫画も加えて、目をおおうひどさ。

レイアウトはプロがやっているが、おそらく、すべての情報を入れるように、どこからか厳命されているのではないか。私は美大卒のはしくれとして、プロが自らこんなレイアウトをするわけがないと思うのだ。

かつて、ファッションデザイナーのドン小西さんと対談した際、洋服に関して「空間恐怖症候群」とおっしゃっていた。つまり、ブローチからスカーフからネックレスから、もう色んなものをつけて、空間があることを恐れる人たちがいるということだ。

昨今の教科書はそれではないか。この騒々しい教科書で学ぶのは、生徒にとって残酷だとさえ思う。

ジジババ世代の教科書は確かに堅苦しかった。ただ、現在はもう一度、「教科書の目的は何か」ということを思い出す必要があるように思えてならない。

このまま進むと、今にメイド服の萌え系の少女が漫画になり、「ご主人様、重要ポイントでございます」と言い出しかねないと、私は本気で心配している。

ババヘラ、薔薇の匠

「ババヘラ」というアイスクリームをご存じだろうか。乳固形分が3パーセント未満なので、厳密にはアイスクリームではなく、「氷菓」である。

このババヘラアイス、秋田県から門外不出で、東京・高輪にあるアンテナショップ「あきた美彩館」のレストランか、現地でしか食べられない。もっとも、最近は通販もあるようだが、秋田県が誇る名菓である。

キリタンポと稲庭うどんに並び、「秋田三大横綱」と讃えられている。私の個人的番付ですけどね。でも、『ババヘラ伝説』(杉山彰・著、無明舎出版) という本まで出ているほど、伝説と謎に満ちたアイスなのだ。

ババヘラは秋田県内の国道沿いとか、熊や猪の出そうな山道とか、学校の運動会やお祭りとか、そういう場所で手に入る。

気取りまくった私の女友達は、つけまつげの目をバサバサさせて驚き、

「あら、そんな熊さんが出るような山道にジェラートを頂けるキャフェがあるの？」

だと。何が「ジェラート」だ。何が「キャフェ」だ。もっとも彼女は和菓子のことを「和風ガトー」と言うから、つける薬はない。

話がそれた。熊さんが出そうな場所にキャフェなんぞあるわけがない。「ババヘラ」は移動販売、早く言えば露天商。山道に出店するのは、主に山菜やキノコ採りの人々を相手にするためで、国道ならドライバー相手である。派手なビーチパラソルを広げ、その下にアイス缶を置き、客を待つ。

ここまではまだ常識内である。

ババヘラのすごいところは、売り子が「婆《ババ》」なのだ。それも半端なババではない。前述の『ババヘラ伝説』によると、平均年齢は70歳を超え、85歳もいるそうだ。パラソルの下で動かぬババを見て、「死んでいる！」と思った人が警察に通報した話さえあるのだから。ババはみな頬かむりし、前掛けをしめ、客が来ると「どっこらしょ」と立ち上がり、ヘラでアイスをすくい、コーンに盛る。

そう、「ババヘラ」という名は、「ババがヘラで盛るアイス」ということでついたのである。

このネーミングは出色、秀逸、おみごとだ。「ババアイス」とか「バアサンアイス」では「女性蔑視だ」と騒動になりそうだが、「ババヘラ」というとヘンに可愛い。その上、「秋田美人の県が、正面からババと言うか？」とあきれ、強烈なインパクト。

とはいえ、同書によると、この名は業者本人がつけたものではなく、中高生がつけたとか、暴走族がつけたとか諸説あるらしい。

当初は「ババヘラ」と呼ばれて売り子がショックを受けたり、怒ってトラブルになった話も多かったという。また、今では「営業許可証」を得ているが、当初は警官から逃れるために、「交通安全アイス」としていたそうだ。つまり、交通安全を訴えるのが目的で、アイスを売るのは「ついで」ということだろう。

ここまで読んだ読者は、疑問を持ったはずだ。そんな死んだかと思われるようなババが、どうやって熊さんの出そうな山道や国道に行けるのか。運転免許を持っているとも思えないしと。

私もずっと不思議だったのだが、同書で謎がとけた。アイス工場のワゴン車で送迎があるのだという。

ババヘラアイスは昭和39年に誕生したそうだが、私は秋田生まれなのに、10年ほど前まではその存在さえ知らなかった。

ある日、脚本家で盛岡在住の道又力さんの車で、秋田に向かって走っていた。夏空と濃い緑の中を走り続けた時、彼がつぶやいた。

「オ、秋田に入ったな」

山道のどこにも「秋田県」の表示は出ていない。すると、言ったのだ。

「ババヘラが出てるだろ。もう岩手じゃないよ」

確かに、山道には不釣りあいな派手なビーチパラソルがあった。私はこの時、彼から名前の由来も聞き、もう車の中で抱腹絶倒。

「次にババヘラがいたら停めて！　絶対に食べる」

となったのは当然である。

以来、秋田に行くたびに買う。派手なパラソルと頬かむりのババを見ると、それだけで嬉しくなり、買わずには通れない。

そしてやがて、ババたちの中にはすごい技能者がいることを知った。

私はひそかに「薔薇《ばら》の匠《たくみ》」と呼んでいるのだが、アイス缶の中にはピンクと黄色の二色のアイスが入っている。ピンクは苺味、黄色はレモン味だったりバナナ味だったりする。「匠ババ」はヘラをサッと持つと、アイスをバラの花のように盛るのだ。コーンの上に、ピンクと黄色の花びらが開く。これを「バラ盛り」という。新入ババには到達できない匠の技。そのため、よく言われた。

「バラだば作れねもの。ごめしてけれな（バラは作れないの。ごめんね）」

　ところがある日、すごいバラ盛りが作れるババに初めて出会い、思わず叫んだ。

「すごい！　お釣りはいりません」

　すると、匠ババは再びサッとヘラを取り、

「んだらば、ほれ、花びらもっとまげでやるでば（それなら、おまけに花びらをもっと盛ってあげるわ）」

　と、さらに大輪のバラにしてくれたのである。値段はまちまちのようで、先日の竿燈《かんとう》まつりでは、ひとつ２００円だった。

　味はアイスクリームと違い、ねっとりではなくシャリッとして、子供の頃に「買い食い」した郷愁のおいしさである。

　昨今は「ジジヘラ」や「ギャルヘラ」、「アニヘラ」もあるとか。でもやっぱり、恐山のイタコとババヘラはババがいい。

84歳の小学生

　私は54歳の時に東北大の大学院に入ったのだが、仙台で暮らし始めて間もなく、バス停で70代半ばかという男の人と隣りあった。すると、その人が突然、

「内館さん、私は中学しか出てないんですよ」

と言った。少し背が丸くて、小柄な「お爺さん」という印象だった。私が50代の院生であることをご存じで話しかけてきたようだ。

「あの頃の中学は、ローマ字なんかちゃんと教えないから、私、ほとんど読めないんです。でも今、横文字が読めないと不便で」

　確かに「入口」と書けばいいものを「ENTRANCE」だし、ビルに大きく掲げられる社名、店名などもローマ字表記が目立つ。「UP」「DOWN」だの「OPEN」「CLOSE」だの、読めないと困る場合もあろう。

　すると、その「お爺さん」は、私に質問した。

「自分も今から、高校に入れますかね。横文字や色んなことを勉強したいんですよ」

私は驚き、力いっぱいに答えた。

「絶対にできます！　ぜひ行った方がいいですよ。市に問い合わせてみたらいかがですか。方法は必ずありますよ」

驚いたことに、バスを待ちながら高校入学の話をしているうちに、「お爺さん」がどんどん生き生きし、目に力が出てきた。私は、

「大学院生にとって、私は母親以上の年齢ですが、今時の若い子たちは、すごく自然に受け入れてくれるし、教えてくれます。入学後のことは心配いりませんから、挑戦すべきです」

あれから8年半がたつ。

そしてつい先日、『おじいさんと草原の小学校』という映画を見た。

これはケニアのキマニ・マルゲという84歳の老人が、読み書きを習うために小学校に入るという実話がもとになっている。チラシには、「イギリスの植民地支配から独立を勝ち取った39年後の2003年」の話だと書いてあった。2003年は、私がバス停で「お爺さん」と会話した年だ。同じ時に、遠くケニアで小学校に通い始めたお爺さんがいたのか。

映画はとても美しい映像で、学ぶのに年齢は無関係、もっと言うなら「学ぶが勝ち」と思わせる。

物語はケニアの貧しい村の老人マルゲが、入学を拒まれても拒まれても訴え、ついに女性校長が許可するところから始まる。マルゲは50年前に、ケニア独立のために戦い、イギリスに屈することのなかった闘士だ。そのため、妻子を虐殺され、本人は強制収容所で拷問にかけられた過去を持つ。そして、今も恐い夢を見ては苦しむ。

無学なマルゲは、読み書きも計算もまったくできない。80歳近くも年の差がある児童にまじり、彼は夢中で勉強する。そんな中で、私には信じられないシーンがあった。

マルゲを仲間として普通に受け入れるのは、幼い同級生だけ。国も教育委員会も、「小学校は子供のもの」として彼を拒む態度が半端ではないのである。村人や子供の保護者たちからのいやがらせは、マルゲを支える女性校長にまで及ぶ。これが間違いなく、2003年の話である。

仙台のバス停で会った老人が、もしも高校生になったなら、「その年齢で学ぶなんて偉い！」と称賛こそあれ、いやがらせなどあり得まい。50代で威張って大学院生をやっていた私自身を振り返っても、日本は何といい教育環境にあるのかと思う。そして、それを生かしきっているだろうかと思う。

拷問で体の不自由なマルゲであったが学び続け、2005年にはニューヨークの国連本部で、教育の重要性を訴えるスピーチまでした。そして、死ぬまでケニアの教育環境の改善に力を尽くした。

この映画には、いいセリフがたくさん出てくる。中でも私の心に残ったのは、

「力はペンにある」

「教育は扉を開ける鍵だ」

という二つだった。

実はこのたび、私が脚本を書いて昨年放送されたドラマ『塀の中の中学校』がモンテカルロ・テレビ祭で「最優秀作品賞」と「モナコ赤十字賞」、出演した渡辺謙さんが「最優秀男優賞」と、トリプル受賞した。

このドラマは偶然にも、学校教育を満足に受けられなかった受刑者たちの物語である。読み書き、計算がほとんどできない受刑者は、日本全国の刑務所に千数百人いるといわれる。ドラマでは、刑務所内に開校された公立中学で、懸命に学ぶ男子受刑者たちを描いている。これも実話がもとである。

その公立中学校は、長野県松本市の松本少年刑務所の中にあるのだが、教師たちに取材中、心に残った受刑者の言葉がある。

「ひとつ学ぶと、ひとつ世界が広がります。ふたつ学ぶとふたつ広がります」

これは前述した映画の二つのセリフと重なる。読み書き計算ができるということ、つまり

ペンは人間の力になる。学べば学ぶほど扉が開かれ、次から次へと世界が広がる。マルゲは、やがて国の教育観をも動かしたが、あの時、小学校に入らなければ、あり得なかったことだ。また、日本の受刑者たちも、塀の中の中学校で学ぶと、再犯率が非常に低い。「力はペンにある」の証だ。

仙台のバス停の「お爺さん」も、今ではきっと力を得て、ローマ字を読んでいるに違いない。

私見・京都の矜持

今回の京都の「大文字送り火問題」は、二転三転した。

この問題については、ご承知の通りだが、東日本大震災の津波は岩手県陸前高田市のみごとな松林を根こそぎなぎ倒した。そのなぎ倒された松で薪を作り、被災者たちは一本一本に、

「安らかに眠って下さい」

「私たち負けないからね」

などと、思いを書いた。

陸前高田市と大文字保存会は、この薪を「京都五山送り火」の「大文字」で燃やす計画を進めていた。

「京都五山送り火」という通り、8月16日の夜、五つの山に巨大な火文字が浮かびあがる。その中でも、象徴的に名高いのが、東山は如意ヶ嶽の「大」。陸前高田市の薪は、ここで燃やす計画だった。

ところが8月上旬、突然、保存会は計画を受け入れられないとした。理由は同市の薪を燃やすことで、放射性物質の汚染が懸念されるからだという。インターネット掲示板や京都市に、そういう声が寄せられ、保存会でも「見送るべき」とする意見があったという。

実際には、京都市と保存会が行った検査では、薪から放射性セシウムはまったく検出されていない。だが、中止が決まった。

保存会の理事長は陸前高田市に出向き、詫びた。そして、薪に書かれた思いを京都の護摩木に書き写し、燃やすことにした。

一方、京都市長は市内の別のイベントでその薪を燃やす代替案を提示した。だが、実現しなかったという。それはそうだろう。バカにされた気になろう。

大体、薪に書かれた思いを、「放射能汚染の疑いがない護摩木」に書き写して燃やすという提案からして、無礼千万。私が陸前高田市側の担当者なら、その案をその場で拒否する。

私は「復興構想会議」でも言ったのだが、東北人は「粘り強い」だの「忍従の精神」だの「我慢強い」だのと美点のように讃えられるが、これは「扱いやすい」とイコールである。決して美点としてばかり受け取ってはならない。怒るべきことは怒り、突っぱねるべきは突っぱね、すべてに毅然と対峙《たいじ》する必要がある。それは東北人の、ひいては東北地方の尊厳に関わることだ。東北人は、もっと強く認識するべきではないか。

こうして、京都に送るはずの薪は陸前高田市で燃やされ、故人をしのんだ。ここまでの間、識者や多くの国民が、大文字保存会の態度を怒った。その後、「大文字」を除く四山が、薪を受け入れると発表し、追って「大文字」も受け入れると一転した。

私は「復興構想会議」で次のようにも言った。

「東北人は京都人を見習う必要がある。もしも、京都に今回のような大災害が起きたなら、京都人は街作りにおいても企業誘致においても、復興すべてに関してお上《かみ》の言いなりには絶対になるまい。京都という街と京都の人間という尊厳にかけて、絶対に自分たちが主導する。東北もその矜持をもっと学んでいい」

京都人の矜持を考えると、中止の理由が「放射能汚染が恐いから」というのは、建前ではないか。私はその思いが当初から拭えなかった。

放射能汚染の懸念に関しては、松原純子・元原子力安全委員会委員長代理が、

「原発から遠く離れた陸前高田市で、幹の内部にまで放射性物質が蓄積することはなく」

とコメントしており（読売新聞八月八日付）、現実に検査ではシロだったわけだ。

それでも中止となると、保存会の「放射能汚染が心配」などという理由は、どうも成立しにくい。もしもそれが本当の理由なら、京都市はなぜ「他のイベントで陸前高田の薪を燃やす」という申し出ができるのか。他のイベントで燃やしても、京都市内に放射性物質は飛散

するはずだ。

また、11日になって一転して、五山すべてが薪を受け入れるとした決意ともつながらなくなる。もしも、「放射能汚染が恐い」というのが本当の理由なら、何があっても突っぱねるだろう。

うがった見方であることを承知で言うと、三百年以上も続いてきた「京の都の伝統行事」において、他県の、それも荒っぽい薪を燃やすということに、大文字保存会は非常に抵抗があったのではないか。当初は「被災者の鎮魂」という思いが熱くても、8月16日が近づくにつれ、だんだん困ってきたのではないか。京都産の護摩木に書き写して燃やすということにすれば、双方が立つと思ったのかもしれない。

ところが、話はさらに一転した。五山で燃やされることになったため、陸前高田市は新たな薪を京都に運び込んだ。ところが検査の結果、放射性物質が表面にのみ付着していた。今度は決定的に中止である。

山崎秀夫・近畿大教授は、

「燃やして二次汚染が問題になる量ではない」

とコメントし、内海博司・京大名誉教授も同様のことを語る。作家の玄侑宗久さんは、

「京都を責めないでおきたい」

とコメントした。

私が調べてみたところ、五山送り火で、過去に他県の木材を使用したことはないという。「伝統を守る」という観点が、実は中止の理由ならば、私も責めないでおきたい。私自身、頑固なまでに土俵の伝統を守ることを発言してきただけに、譲れないところは譲れないという思いはよく理解できる。

ただ、もしも本当にそうだとしたなら、放射能のせいにせず、明確に「他県のものは使わない。伝統を守る」と言い、役に立てないことを心から詫びることこそが、京都人の矜持ではなかったか。

私って仲間外れだったのね

……と思った。「復興構想会議」においてだ。

というのは、先日、同会議を取りあげたテレビ番組を見ていて、出演した現官僚、元官僚らが私の知らないことばかりを断言したからである。たとえば、

「復興構想会議は、最初から方向が決まっていて、内閣官房の庶務が毎回の進行も決める。すべて根回しができており、委員はその通りに動くんです。ペーパーも全部、庶務が作ります」

一言一句は違うが、この内容だった。元官僚や現官僚が、テレビという公器を使って断言するのだから、これはその通りに決まっている。誰もがそう思うだろう。

私のところには、根回しは一切なかったが、きっと他のメンバーには、全員あったのだろう。私の場合、資料ペーパーは常に自分で作っていて、それを手伝うため、秘書のコダマは休日出勤までしていたのだ。毎回毎回、どの委員もご自分で資料ペーパーを作って、ご自分

の考えや案を出していたが、あれって、官僚が作っていたのか！

現実には、庶務から配られるペーパーは、毎回、座席表と議事次第だけだった。議事次第には、たとえば第七回だと、日時と場所が書いてあり、その後に次のように続く。

1．開会
2．議長挨拶
3．議事
（1）「これまでの審議過程において出された主な意見（案）」について
（2）検討部会における検討の状況について
4．閉会
〈配布資料〉
検討部会における検討の状況について（部会長提出資料）
〈委員からの提出資料〉
玄侑委員、達増委員、村井委員

これが原文ママで、A4ペーパー一枚。毎回、この程度だったが、私以外の人たちには、きっとその日の会議の進行などを庶務が書いたペーパーが、こっそりと回っていたのか！

さらに、出演官僚たちは断言した。

「復興構想会議は、復興資金を税金でまかなうことが、最初からの目的です」

これも私は知らされていなかった。会議では、財源をどうするかということを、みんなで突っ込んで議論した。時には声を荒らげたりして。でも、事前に「増税が目的」と決められ、私以外の委員には伝えられていたのか！　私は脚本家として、多くの俳優と接してきたが、委員たちのあの芝居は、名優の域だ。

そして、出演官僚が、前もって増税が決められていた証として、

「税務や財務の専門家でもない五百旗頭《いおきべ》議長が、すぐに増税のことを言った」

と語り、司会者が続けた。

「それはおかしいとか、委員の一人くらいは反発しないんですか」

「反発しない人を選んでるんです」

事実、議長は第一回目の会議の直後、記者団に増税を考えていることを言い、大きく報道された。現実には、第一回会議では財源についてはまったく話し合われていないため、報道に驚いた各委員は、第二回会議で議長に突っ込んでいる。ホームページでは議事録の全文は掲載されていないし、それも要約だが、それを読めば、議長の言葉は「私の見解」、つまり

「私見」として答えている様子はわかる。

「反発しない人を選んだ」そうだが、口下手で気が弱くて、何も言えない私の本質を、よく見抜いてくださって、さすが官僚だ。ただ、今後、各種会議で「反発しない人」を選ぶなら、注意が必要だ。

　というのも、私は復興構想会議の最中、居眠りしていた政府要人の席まで行き、プロレスラー天山広吉の得意技「モンゴリアンチョップ」を肩にぶち込んで、叩き起こして差しあげたの。

　官僚の方々にご注意したいのは、私のように大人しくて言いなりになる人間は、先に手が出たりするの。だから今後、そこもよく見極めてお決めになってね。

　何より驚いたのは、出演官僚の次の発言だ。

「復興構想会議のレポート（内館注・第一次提言のことだと思われる）、あれは一ページ目は、ですます調で、誰か委員が書いたんです。でも二ページ目からは、官僚が書いた。ぎっしりと書いてあるでしょ」

　提言書は一ページ目からすべて「である調」で、文字の大きさも、字詰めも二ページ目とまったく同じ。でも、出演官僚は自信満々に、そう断言。

　これによって、私はまた仲間外れを思い知らされた。あの提言書は、膨大な資料整理等を官僚に手伝ってもらい、全委員の発言を基に、御厨貴《みくりやたかし》議長代理が第一ページ目からすべて最後まで文章化している。会議ではその文章の章立てから「てにをは」まで、全委員がしつこいほど直しを入れた。このやりとりも、ホームページで一端はわかる。しかし、出演官僚は復興構想会議を、

「セレモニーですから」

と断定。

その時、ふと私は正気に戻った。セレモニーのために、何でこんなに時間を取るのか。何で私だけ仲間外れにするのか。変だ、おかしい。そこで、すぐに委員数人に、番組内容の真偽を確認。誰もがその虚偽の断定に呆然。よかった、私だけが仲間外れじゃなかったのね。

番組で女性司会者が、「官僚にとりこまれている委員16人」について、

「16人は恥ずかしくないのか！」

と力一杯叫んでいたが、ホームページも見ないで司会することを「恥ずかしくないのか！」とお返しする。いや、女性司会者も官僚も。

下調べをしないで本番に臨む方が、臨場感が出ると熟慮なさったに違いない。

ざくろ坂プロジェクト

読者の皆さまご本人、あるいはお知りあいの中に、東日本大震災で被災し、モノを作ることも売ることもできなくなった方々がいらっしゃると思う。

そういう方々の中で、もう一度モノを作り、ごくごく短い期間限定だが、東京でそれを売ってみようと思う方はおられないだろうか。

販売場所があるのだ。それは、東京・港区の「グランドプリンスホテル新高輪」内。「柘榴坂《ざくろ》」と呼ばれる坂道に面した、5坪ほどの小さなスペースである。

アクセスは、JRなど多くの路線が乗り入れる品川駅から、徒歩で7、8分。品川駅は、平均すると一日約100万人の乗降客があるターミナル駅だ。

柘榴坂は約400メートルほどの、ゆるやかな坂道で、グランドプリンスホテル新高輪をはじめ、多くの店が並ぶ。

同ホテルが、

「被災者のお役に立てないものだろうか」

と、この5坪のスペースを無償で貸すことを、ノンフィクション作家の吉永みち子さんに申し出てくれたのである。それ以前から、吉永さんは仲間たちと、幾度も被災地に足を運び、支援活動をしていた。そして、もっとできることがあるのではないかと、模索している最中だった。

同ホテルからの申し出に喜んだ彼女とボランティア仲間は、

「それぞれのものを、被災者に売ってもらうスペースにしてはどうか。ものによっては、東京で機材や材料を調達できるかもしれないし、こっちで作ることも可能な場合もある」

ということに行きついた。

そして、吉永さんが「世話人」となり、賛同したジャーナリストの岩見隆夫さんや女優の倍賞千恵子さんら6人が「呼びかけ人」に手を挙げた。私もその一人である。すぐにプロフィギュアスケーターの荒川静香さん、俳優の伊東四朗さん、三菱東京UFJ銀行取締役会長の畔柳信雄さん、作家の道尾秀介さんたちが続々と「応援団」に加入。心強いのは、運送業やPR業、さらには接客業など各界のプロが、ガッチリと支えていてくれることだ。

こうして、第1回は福島県伊達市のアイスクリーム店「まきばのジャージー」が、イタリアンジェラートとソフトクリームを販売。そして、同市の桃農家が、みごとな桃を運び込んだ。

　これが売れに売れたのである。もちろん、放射能汚染の検査もやり、安全な数値であることを店内に表示したが、客は柘榴坂に沿って行列を作り、

「濃厚で、アイス抜群！」

「桃太郎が生まれそうな桃だ。すごいねえ」

　と言っては喜んでくれる。会期は10日間で、初日だけで、実に８００人を超える客が訪れたのである。

「まきばのジャージー」は、福島県で大ブレイクした店である。オーナーの片平晋作さんは、弟の雄作さんと相馬市に牧場を持っており、32頭のジャージー牛を育てていた。

　ジャージー牛は乳脂肪分と栄養価が高く、その牛乳がアイスクリームの原料だった。ところが、原発事故による出荷制限で、しぼった原乳を捨てる日々。34歳と27歳の若い兄弟は、どれほどつらかっただろう。

　やっと制限が解除になったら、今度は風評被害だ。安全でおいしいアイスクリームを、自信を持って作っても売れない。そんな時、「ざくろ坂プロジェクト」を知り、思い切って東京で作り、売ってみようと思ったそうだ。その最終日、晋作さんは私に言った。

「被災のことを嘆いたり許せないと怒ったり、そういう感情では何も前に進まないと実感し

ました。まず、受けいれるところから始めようと思う。僕はやり直しますよ。ここに来て、お客さんと接し、はっきりそう思った」

第2回目は、岩手県陸前高田市の老舗「菅久《かんきゅう》菓子店」が、甘食とマドレーヌを販売。また、日展入選画家の鷲悦太郎さんの筆による絵はがきを売った。同市のキクラゲや生シイタケも運び入れたところ、どれも完売である。焼き菓子はたちまち売り切れ、急きょプリンスホテルのベーカリーの厚意により、追加で焼くほど。創業明治4年からのレシピも、オーブンも何もかも流された『菅久』であったが、ベーカリーや月島の菓子店も力になってくれ、つくづく有り難かった。

実は吉永さんと私は、すごく心配していたのだ。第1回目はもの珍しさや、マスコミのPRで集客できても、2回目はどうかと。

だが、2回目も完売だったということは、いいものは必ず客の心に届くのだと、実感した。私はまだ何も活動していないのだが、つぶさに見ている吉永さんは言っていた。

「職人魂ってすごいなァと思った。菅久さん、みんな流されて、もう5か月もお菓子焼いてないわけよ。落ち込みも激しかったと思う。だけどね、ホテルから白衣を借りて着るでしょ。それだけで目が違った」

いつだったか、テレビで被災者が仮設住宅で、

「一日中ボーッとしてる」

と答えていた。何もかも流され、怒りの持って行き場もない中で、無理もないと思う。だが、もしも、少しでも「ざくろ坂プロジェクト」に関心を持つ方がいたなら、そして、ダメモトでやってみるのも面白いかと思ったなら、

info@ml.zakurozaka.jp

にご連絡頂きたい。どこまで希望に沿えるかはわからないが、相談の中で道筋がついてくるかもしれない。

今後の活動については、ホームページを。

http://zakurozaka.jp/

※注　現在は終了しております。

おいしい東北

東北地方には、おいしいものが本当に多い。水と緑が豊かで、くっきりした四季があることによる恵みだと思う。

そこで、まずはお取り寄せできる「おいしい東北」をご紹介したい。いずれも私と友人たちが、いつも食べているものばかりである。

東北にはこの他にもおいしいものが色々あるので、ぜひお調べの上、召しあがって頂きたい。

岩手県

★南部せんべい

写真家の管洋志さんから教わった食べ方は凄い！

南部せんべいをピザの生地に見立て、ソーセージやトマトやエビ等をトッピングする。そして、トマトソースとチーズをたっぷりかけて、オーブントースターで焼く。早い話が「南部せんべいピザ」である。
せんべいの種類は胡麻、いか、落花生をはじめ、どれもユニークなピザ生地になる。
巖手屋☎0195（23）6311　9種9枚袋入りで525円

★①山ぶどう原液
②完熟山のきぶどう

岩手の山ぶどう果汁は、昔から健康食品として有名で、私は岩手医大附属病院に入院中、毎日飲んでいた。
①か②をビールで割るのである。いずれも水や砂糖を加えていないので、ビールで割ると果汁の自然な甘みと赤い色がきれいで、至福。
が、元気になると凄い飲み方を考えてしまうんだわ。
①中央バター商会☎019（624）4350　720㎖2835円
②山のきぶどう本舗☎0120（33）3133（フリーダイヤル）　600㎖1890円

★水まんじゅう

「水まんじゅう」と聞くと、葛ざくらのような和菓子を想像すると思うが、まったく違う。

栗あんを包んだ葛まんじゅうを器に入れ、そこに氷と龍泉洞の水を注ぐ。そして、水ごとスプーンで食べる。

来客はみんな驚くし、何よりおいしい。龍泉洞は日本三大鍾乳洞のひとつで、その水の清らかさよ！

水まんじゅうは中松屋（ただし、販売は毎年5月〜9月中旬）

☎0120（054）728（フリーダイヤル）　7個入り1450円

龍泉洞の水は岩泉産業開発☎0120（123）088（フリーダイヤル）

2ℓ6本1260円

★ブルーベリーカレー

岩手はブルーベリーの産地として名高く、たくさんの加工品が出ている。その中で、このカレーは、北緯40度の岩手町にあるレストラン「石神の丘」の高間木料理長のオリジナル。ブルーベリーの酸味とカレーが絶妙に合い、お年寄りにも人気。私の母は常に取り寄せている。

道の駅「石神の丘」☎0195（61）1600　2パック800円

★しんいちろう餃子

岩手町はキャベツの大産地で、「春みどり」は柔らかくておいしい。それに「やまと豚」をたっぷり加えた餃子。

私はかつて、大きな中華皿にドカーンと盛り、香菜をいっぱい飾って来客に出したら、「料理うまいね」とほめられた。冷凍食品とは誰も思わない味。

粉夢《こなむ》☎0195（62）2226　12個入り420円

★①辛口ホルモン

②岩手ホルモン鍋

岩手は短角牛、ソーセージ、ハム類がおいしいが、ホルモンも人気。①はそのまま焼いても、鍋にしても絶品。②は野菜付きの一人前も。タレは自慢するだけのことはある。

①肉のふがね☎0195（62）2403　700g入り630円

②佐藤精肉店☎0195（62）2416　野菜付きは525円

山形県

★尾花沢のだしっ

今では「山形のだし」は有名だが、もともとは農家が忙しい最中に、ササッと食べられるおかずだった。

きゅうり、なす、みょうが等々、何でもありあわせの野菜をみじん切りにし、食べる直前に醤油とかつお節をかけるだけ。

「だし」の名の由来は色々あるようだが、私が山形で聞いたのは、「ギリギリまで田畑で働き、メシ時になったらすぐに出す」というところから来たという。今は昆布の旨みも加え、さらにおいしくなっている。

尾花沢食品☎0237（25）2203　1パック300円

★蔵王スターワイン

今から15年ほど昔、ソムリエの田崎真也さんと写真家の管洋志さんと私は、五年間にわたり、国内のワイナリーを訪ね歩いた。雑誌にそのリポートを連載していたのである。

山形のタケダワイナリーは、日本ワインのトップクラスにあるが、私が感嘆したのは「蔵王スター」の白。ブドウはデラウェアとベリーAを50パーセントずつ。甘みとこっくりした深みのバランスはみごとで、さすが山形の土壌はいいデラウェアを作る。

タケダワイナリー☎023（672）0040　720㎖1260円

★窯プリン

いい卵の産地として名高い蔵王。これは、その地卵で作ったプリン。卵黄をふんだんに使い、和三盆の甘みが上品なのに、濃厚な食感。つぼ型の容器入り。

日本の名宿のひとつに数えられる「古窯《こよう》」のオリジナルである。

古窯☎023（672）5454　3個入り1050円　5個入り1750円

★白露ふうき豆

青えんどう豆を、ふっくらと甘く炊いたお菓子。無着色で、しっとりしてほっこりして、渋茶とよく合う。申し込みはハガキかFAXで。

山田家　FAX023（622）6668　山形市本町1の7の30　300g入り600円～

6県紹介するつもりが、2県で一杯。次週に！
※注　いずれも二〇一一年当時の価格です。

続・おいしい東北

今週は東北4県のおいしいものをご紹介。著名な名産品もぜひ召しあがって頂きたいし、「知る人ぞ知る」の数々もぜひお試しを。

宮城県

★涼拌麺《りゃんばん》

冷やし中華の発祥地は仙台。名店がたくさんあり、一年中冷やし中華が食べられる。私は東北大の院生時代、各店を食べ歩いたが、中でも「龍亭」は大好きで、TBSのテレビ番組「ぴったんこカン★カン」では、安住紳一郎アナと女優の加賀まりこさんをご案内。本番だというのに、二人はペロリと完食した。

龍亭☎022（221）6377　4食入り1050円

★赤飯まんじゅう

石巻に住む友人が送ってくれたのが最初。「すぐ売り切れるのよ」と恩に着せただけあって、おいしい！　赤飯をまんじゅうの皮で包み、お菓子のようなお握りのような。チンするか蒸して熱々をどうぞ。

石巻甘陣本舗☎0225（22）0289　1個110円

★牛たんカレー

これは仙台市の社会福祉法人「わらしべ舎」が作っているカレー。障害を抱えた人たちが、プロの指導のもとに作り始め、今ではカレー専門店を併設したほどの味。3日間かけて作るカレーは、厚切り牛たんがたっぷり。ワンパック1・5人分のボリュームである。他にチキンカレーの甘口と辛口もあり、こちらには鶏もも1本がドカンと入っている。

わらしべ舎☎022（307）6320　牛たんカレー250gワンパック800円　チキンカレー甘口・辛口とも350gワンパック600円

★復興支援米

東日本大震災の被災者にコメを送ろうと、仙台市の米穀店「米工房いわい」が売り出した。宮城県産ひとめぼれ100パーセント。1袋が5キロ入りで、1800円。

1袋売るごとに、300グラムのコメを店の負担で積み立てる。そして、まとまった量になったら、そのコメを被災者に送ろうという計画だ。つまり、100袋売れれば30キロのコメを送れる。

実は牛たんカレーの「わらしべ舎」の理事長と私は中学の同級生で、彼女が「思いに賛同したから」と、復興支援米を1袋送ってくれたことで、初めて知った。

宮城産のひとめぼれの味は言うまでもないし、「がんばっぺ東北！」と書かれた真っ赤な袋のメッセージ性もいい。

米工房いわい長町本店☎022（247）3181

★スィートゴット

東北大の院生だった頃、研究室には学生が持ち寄ったお菓子が色々あった。気仙沼のこれも、ストーブを囲みながら食べたのが最初ではなかったか。クリームとスポンジが幾段にも重なり、レトロで素朴な半生《はんなま》の焼き菓子。冬の東北と濃い日本茶によく合う。チョコ、抹茶など4種類。

パルポー☎0226（23）8445　6枚入り1箱1176円

福島県

★もちずり

くるみゆべしである。私の「ゆべし好き」を知っている東北大相撲部OBが、買ってきてくれた。ゆべしは米どころのお菓子で、もっちり感とくるみの香ばしさがやみつきに。

柏屋☎0120（39）0147（フリーダイヤル）　8個入り1箱840円

★木村こだわりヨーグルト

これだけは私は食べたことがなく、女友達が強く推せん。添加物がゼロで、甘味と酸味のバランスとなめらかさは一級品だそう。

木村ミルクプラント☎0246（34）2542　400g入り420円

青森県

★たっこにんにく

日本のトップブランドだけあって、さすがに比類なきおいしさ、力強さ。私は病後、どれほど力をもらったか。

JA八戸田子直売部会☎0179（20）7715　10個入り1袋2000円

★りんごジュース

岩木山と真っ赤なりんごの絵が描かれた缶は、絵本のよう。南津軽の大地で、岩木山に守られて育ったりんご。それを齧《かじ》った味がする。ストレート果汁100パーセント。

トキワ養鶏☎0172（65）3355　195g缶30本入り2400円

秋田県

★キャラとま

横手産トマトのシシリアンルージュ。そのピューレを使った真っ赤なキャラメルである。

緑のヘタのついたトマトの形が可愛い。トマト臭さはなく、濃厚なソフトキャラメル。バレンタインデーにも受けそう。

小松屋本店☎0182(32)0369　6個入り1箱500円

★豚肉みそ漬け

これは「塩もろみ」に漬け込んだ珍しい一品。

秋田の白神こだま酵母や白神乳酸菌、それを塩で発酵させたものが塩もろみ。これとみそを混ぜ、豚肉を漬け込んだ。豚肉は小坂町産の「桃豚」。豚特有の病原菌を持っていない清浄豚で、愛好者の間では、秋田美人ならぬ秋田美豚と呼ばれるとか。

塩もろみに漬けた美豚はうまみと柔らかさが増し、酒の肴にもお弁当のおかずにも、夕食のメインディッシュにもいい。

まんまランド☎0186(29)2929　ロース1枚約100g500円

東北6県、私がいつも買っていた店の何軒かが、震災後、連絡がつかない。電話をかけるたびに愕然とさせられた。

※注　いずれも二〇一一年当時の価格です。

あとがき

ある時、テレビや雑誌から非常にたくさんの出演依頼、取材依頼を頂いた。

その内容が、本当に判で押したように、

「病気をされて、人生観が変わったのではないでしょうか。そのあたりの変化を、ぜひお聞かせ下さい」

というものだった。

本著にも何回か出てくるように、私は二〇〇八年の年末に旅先の岩手県盛岡市で倒れた。それまでは何の異常も感じたことのない心臓と動脈の急性疾患である。

恐るべき「大病」であり、六十年間の人生において病気らしい病気をしたことのない私にとって、ありえない出来事だった。

意識不明が二週間も続き、「臨死体験だ」と思うような夢さえ見た。奇蹟的に「生還」したため、人生観が変わって当然だ。

ところが、人生観はまったく変わらなかったのである。

テレビや雑誌の依頼者たちが、私に期待している言葉は、どうも、

「人って生きているのではなく、生かされているのだと気づきました」

「一度死んで、いわば拾った人生です。これからはやり残したことのために生きます」

というようなことらしいのである。

もちろん、私も「生かされている」とか、「拾った人生です」という思いは持った。「死んで当然だったのよねえ」と、それは今でもふと思う。

だが、それが長く続かない。「点」としては思うが、私の場合、どうもそれが「線」になり、「面」になっていかない。「面」になれば、人生観も変わったと思う。

依頼者とのやり取りの中で、私は、

「病気って突然やって来るんですよ。それだけは思い知らされました。私なんて健康そのものので、無理はきいたし、前兆のカケラもなかったんです。それに、倒れる三日前に全身の健康診断を受けて、何も悪いところがなかったんですから。なのに三日後に突然、生死の境ですよ。考えられます？」

と言ったのだが、どの依頼者も「ホントですよねえ」と相槌を打つ程度で終わってしまった。人生観が変わらないとダメらしく、結局、どの依頼にも応えられなかった。

私が「生還」して二年少したった時、東日本大震災が起きた。突然、大きな地震と巨大津

波と原発事故に襲われた。私の故郷である東北地方が、壊滅的な被害に遭った。

少し時間がたってから、やっと連絡が取れた友人知人や親戚の者たちは、異口同音に言った。

「突然来るんだもの、突然。何の前ぶれもなかったのよ。生きているのが不思議……」

「家族や友達や近所の人たちと、ずっと今の暮らしが続くものだと、根拠もないのに信じこんでたのよね」

あの震災と同レベルには考えられないが、その言葉は、私が病気によって得た思いと同じだった。

災いは突然やって来る。

だからといって、いつやって来るかわからないことに対し、おびえて耐えて、神経をとがらせて暮らし続けるのは、大変なストレスと負担になる。

突然やって来るということは、やって来ないかもしれないということだ。

突然やって来た病気と、ふるさとの災害によって、少しだけ生き方を変えた。

病気に関しては、負担にならない程度の「予防」である。人間ドックに入るとか、おかしいと思ったらすぐ病院に行くとか、バランスよく自分で料理するとかだ。いずれも病気前の私は、やっていない。

災害に関しても、負担にならない程度の「準備」である。持ち出すものをバッグにまとめておくとか、家具が倒れないよう留めるとか、都や区の防災マップをメモするとかだ。防災訓練にも参加した。

病気にせよ災害にせよ、もっとやるべきことはあるのだろうが、日常生活を侵食するほどの予防や準備は、いつも通りに生きる楽しさを損ねるような気がする。突然やって来るが、やって来ないかもしれないものを相手に生きるには、どこかで線引きするしかあるまい。

私は本著が二〇一八年の今、出版されることをとても喜んでいる。本著の文章は二〇一〇年から二〇一一年のもので、ちょうど東日本大震災の時である。

あれから八年目を迎える今、どうしても忘れがちになる。家族や大切な人を失い、家を流され、ふるさとに戻れない人たちが、まだ大勢いるというのに、風化していく。

そんな中で、当時の私の必死な文章が、ほんの少しでも現在の被災地を思うきっかけになればと、心から願っている。

二〇一八年　一月
東京・赤坂の仕事場にて

内館　牧子

この作品は、「週刊朝日」二〇一〇年十月十五日号～二〇一一年十月七日号に掲載された「暖簾にひじ鉄」を改題した文庫オリジナルです。

幻冬舎文庫

●最新刊
卵を買いに
小川　糸

素朴だけれど洗練された食卓、代々受け継がれる色鮮やかなミトン、森と湖に囲まれて暮らす謙虚で明るい人々……。ラトビアという小さな国が教えてくれた、生きるために本当に大切なもの。

●最新刊
30と40のあいだ
瀧波ユカリ

「どうにかこうにか、キラキラしたい」アラサー時代に書いた自意識と美意識と自己愛にまつわるあれこれに、「目標は現状維持」のアラフォーの今の気持ちを添えて見えてきた「女の人生の行き方」。

●最新刊
それでも猫は出かけていく
ハルノ宵子

いつでも猫が自由に出入りできるよう開放され、常時十数匹が出入りする吉本家。そこに集う猫と人の、しなやかでしたたかな交流を描く、ハードボイルドで笑って沁みる、名猫エッセイ。

●最新刊
4 Unique Girls
人生の主役になるための63のルール
山田詠美

押し付けられて来た調和を少し乱してみたい、と胸をわくわくさせているユニークガール志願の方はいませんか。幾多の恋愛を描いてきた著者が教える、自分を主人公にした物語を紡ぐ63のルール。

●最新刊
すぐそこのたからもの
よしもとばなな

家事に育児、執筆、五匹の動物の世話でてんてこ舞いの日々。シッターさんに愛を告白したり、深夜に曲をプレゼントしてくれたりする愛息とのかけがえのない蜜月を凝縮した育児エッセイ。

女盛《おんなざか》りは心配盛《しんぱいざか》り

内館牧子《うちだてまきこ》

平成30年2月10日　初版発行

発行人――石原正康
編集人――袖山満一子
発行所――株式会社幻冬舎
〒151-0051東京都渋谷区千駄ヶ谷4-9-7
電話　03(5411)6222(営業)
　　　03(5411)6211(編集)
振替00120-8-767643
印刷・製本―中央精版印刷株式会社
装丁者――高橋雅之

幻冬舎文庫

ISBN978-4-344-42695-5　C0195　う-1-17

幻冬舎ホームページアドレス　http://www.gentosha.co.jp/
この本に関するご意見・ご感想をメールでお寄せいただく場合は、
comment@gentosha.co.jpまで。